红色经典 阅读书系

QI GEN HUOCHAI

七根火柴

江培英 主编
王愿坚 著

吉林出版集团股份有限公司
全国百佳图书出版单位

图书在版编目（CIP）数据

七根火柴 / 王愿坚著. -- 长春：吉林出版集团股份有限公司，2022.8
（红色经典阅读书系 / 江培英主编）
ISBN 978-7-5731-1898-1

Ⅰ.①七… Ⅱ.①王… Ⅲ.①短篇小说—小说集—中国—当代 Ⅳ.①I247.7

中国版本图书馆CIP数据核字（2022）第158352号

七根火柴
QI GEN HUOCHAI

丛书主编：	江培英
著　　者：	王愿坚
责任编辑：	矫黎晗　田　璐　郭玉婷
封面设计：	余　微
出　　版：	吉林出版集团股份有限公司
发　　行：	吉林出版集团青少年书刊发行有限公司
电　　话：	0431-81629808
印　　刷：	唐山玺鸣印务有限公司
开　　本：	710mm×1000mm　1/16
字　　数：	77千字
印　　张：	8
版　　次：	2022年8月第1版
印　　次：	2022年8月第1次印刷
书　　号：	ISBN 978-7-5731-1898-1
定　　价：	29.80元

如发现印装质量问题，影响阅读，请与印刷厂联系调换。022-69381989

出版说明

近代的中国,是苦难的中国。鸦片战争的一声炮响,改变了古老中国的历史命运,西方列强的坚船利炮把中国推向灾难的深渊。但坚强的中国人民从未放弃,先贤们上下求索、不懈斗争,抛头颅、洒热血,终于为我们赢来了今天的美好生活。

历史不该被忘记,更不能忘记。本套"红色经典阅读书系"生动具体地展现了烽火年代里中华儿女美好的信念、理想和他们不屈不挠的斗争。《小砍刀的故事》里,人称"小砍刀"的习武少年,在抗日战争年代里协助八路军伏击鬼子的汽船,与汉奸、伪军斗智斗勇,从幼稚走向成熟;《闪闪的红星》里,潘冬子与地主恶霸胡汉三斗智斗勇,逐渐从一个懵懂的少年成长为一个真正的红军战士;《小游击队员》《两个小八路》《雷锋日记》《赤色小子》《微山湖上》……一本本红色经典文学作品,带给孩子的不仅是一个个吸引人的故事,而且为孩子打开了一扇扇了解近现代中国历史的窗户。

但是，只铭记历史并不够，我们还要把先辈们的精神传承下去。为了使读者更好地理解原著传达的精神，我们对疑难字进行了注音，对难以理解的方言进行了注释。本丛书收录作品中，无论是小红军、小八路，还是老战士、大英雄，在艰苦的岁月里，他们始终顽强刻苦地求生存，不屈不挠地做斗争，可以说，每一部作品里的主人公形象都闪烁着人性的光辉，洋溢着理想信念的色彩。看过这些故事，读者朋友更能深切地理解今天的幸福生活是多么来之不易。

孩子是祖国的未来，让他们接受红色教育、传承红色基因，以优秀的革命传统助其打好人生底色尤为重要。我们希望"红色经典阅读书系"能让孩子透过文字走进那段峥嵘岁月，能从文学作品中体悟革命先辈们的崇高理想以及为理想而坚持奋斗的不屈精神，能让处于"拔节孕穗期"的青少年感知和认同红色文化，并在红色精神的引领和感召下，自觉传承红色基因，树立红色理想，从红色经典作品中汲取真理的力量、信仰的力量，以实际行动把革命先烈流血牺牲打下的江山守护好、建设好！

目录

- 七根火柴　　001
- 三人行　　008
- 普通劳动者　　017
- 亲人　　039

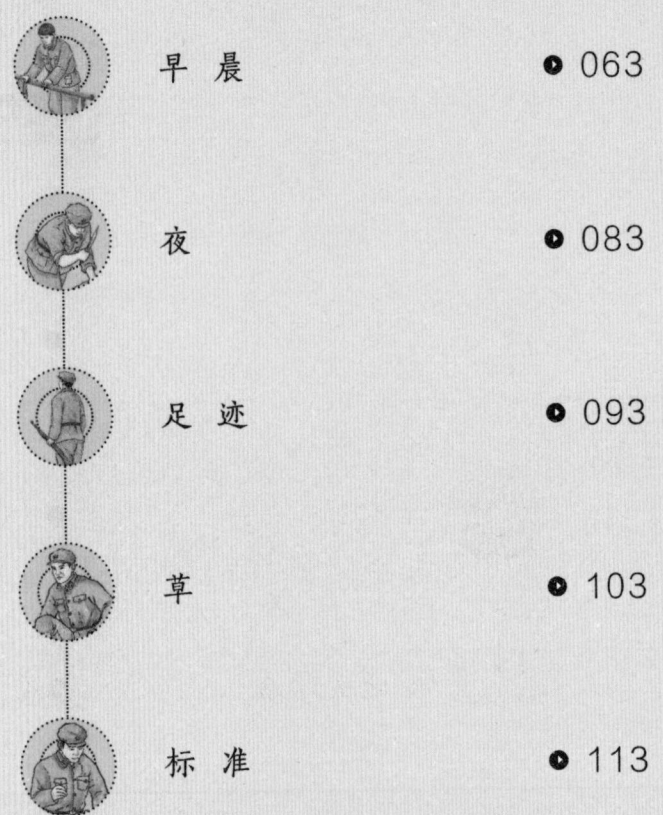

早　晨　　　● 063

夜　　　　　● 083

足　迹　　　● 093

草　　　　　● 103

标　准　　　● 113

七根火柴

天亮的时候,雨停了。草地的气候就是怪,明明是月朗星稀的好天气,忽然一阵冷风吹来,浓云像从平地上冒出来的,霎时把天遮得严严的,接着,就有一场暴雨,夹杂着栗子般大的冰雹,不分点地倾泻下来。

卢进勇从树丛里探出头,四下里望了望。整个草地都沉浸在一片迷蒙的雨雾里,看不见人影,听不到人声;被暴雨冲洗过的荒草,像用梳子梳理过似的,光滑地躺倒在烂泥里,连路也看不清了。天,还是阴沉沉的,偶尔有几粒冰雹洒落下来,打在那混浊的绿色水面上,溅起一撮撮浪花。他苦恼地叹了口气。因为小腿伤口发炎,他掉队了。两天来,他日夜赶走,原想在今天赶上大队的,却又碰上了这倒霉的暴雨,耽误了半个晚上。

他咒骂着这鬼天气,从树丛里钻出来,长长地伸了个懒腰,一阵凉风吹得他冷不丁地连打了几个寒战。他这才发现衣服已经完全湿透了。

"要是有堆火烤烤该多好哇!"他使劲绞着衣服,望着那顺着裤脚流下的水滴想道。他也知道这是妄想——不但是现在,就在他掉队的前一天,他们连里已经因为没有引火的东西而只好吃生干粮了。可是他仍然下意识地把手插进裤兜里。突然,他的手触到了一点儿黏黏的东西。他心里一喜,连忙蹲下身,把口袋翻过来。果然,在口袋底部粘着一小撮青稞面粉;面粉被雨水一泡,成了稀糊了。他小心地把这些稀糊刮下来,居然有鸡蛋那么大的一团。他吝惜地捏着这块面团,一会儿捏成长形,一会儿又捏成圆的,心里不由得暗自庆幸:幸亏昨天早晨我没有发现它!

已经是一昼夜没有吃东西了,这会儿看见了

可吃的东西,更觉得饿得难以忍受。为了不致一口吞下去,他又把面团捏成了长条,正要把它送到嘴边,蓦地听见了一声低低的叫声:

"同志——"

这声音那么微弱、低沉,就像从地底下发出来的。他略略愣了一下,便一瘸一拐地向着那声音走去。

卢进勇蹒跚地跨过两道水沟,来到一棵小树底下,才看清楚那个打招呼的人。他倚着树根半躺在那里,身子底下贮满了一汪混浊的污水,看来他已经有很长时间没有挪动了。他的脸色更是怕人:被雨打湿了的头发像一块黑毡糊贴在前额上,水,沿着头发和脸颊滴滴答答地流着。眼眶深深地塌陷下去,眼睛无力地闭着,只有腭下的喉结在一上一下地抖动,干裂的嘴唇一张一合地发出低低的声音:"同志——同志——"

听见卢进勇的脚步声,那个同志吃力地睁开眼睛,习惯地挣扎了一下,似乎想坐起来,但却没有动得了。

卢进勇看着这情景，眼睛像揉进了什么，一阵酸涩。在掉队的两天里，他这已经是第三次看见战友倒下来了。"这一定是饿坏了！"他想，连忙抢上一步，搂住那个同志的肩膀，把那点儿青稞面递到那同志的嘴边说："同志，快吃点儿吧！"

那同志抬起一双失神的眼睛，呆滞地望了卢进勇一眼，吃力地抬起手推开他的胳膊，嘴唇翕动了好几下，齿缝里挤出了几个字："不，没……没用了！"

卢进勇的手停在半空，一时不知怎么好。他望着那张被寒风冷雨冻得乌青的脸，和那脸上挂着的雨滴，痛苦地想：要是有一堆火、有一杯热水，也许他能活下去！他抬起头，望望那雾蒙蒙的远处，随即拉住那同志的手腕说："走，我扶你走吧！"

那同志闭着眼睛摇了摇头，没有回答，看来是在积攒着浑身的力量。好大一会儿，他忽然睁开了眼，右手指着自己的左腋窝，急急地说："这……这里！"

卢进勇惶惑地把手插进那湿漉漉的衣服。这一刹那，他觉得那同志的胸口和衣服一样冰冷了。在那人腋窝里，他摸出了一个硬硬的纸包，递到那个同志的手里。

那同志一只手哆哆嗦嗦地打开了纸包，那是一个党证。揭开党证，里面并排着一小堆火柴。焦干的火柴。红红的火柴头簇集在一起，正压在那朱红的印章中心，像一簇火焰在跳。

"同志，你看着……"那同志向卢进勇招招手，等他凑近了，便伸开一个僵直的手指，小心翼翼地一根根拨弄着火柴，口里小声数着："一，

二，三，四……"

一共有七根火柴，他却数了很长时间。数完了，又询问般地向卢进勇望了一眼，意思好像说："看明白了？"

"是，看明白了！"卢进勇高兴地点点头，心想：这下子可好办了！他仿佛看见了一个通红的火堆，他正抱着这个同志依偎在火旁……

就在这一瞬间，他发现那个同志的脸色好像舒展开来，眼睛里那死灰般的颜色忽然不见了，爆发着一种喜悦的光。只见他合起党证，双手捧起了它，像擎着一只贮满水的碗一样，小心地放到卢进勇的手里，紧紧地把它连手握在一起，两眼直直地盯着他的脸。

"记住，这、这是、大家的！"他蓦地抽回手去，深深地吸了一口气，用尽所有的力气举起手来，直指着正北方向："好……好同志……你……你把它带给……"

话就在这里停住了，卢进勇觉得自己的臂弯

猛然沉了下去！他的眼睛模糊了。远处的树、近处的草，那湿漉漉的衣服、那双紧闭的眼睛……一切都像整个草地一样，雾蒙蒙的。只有那只手是清晰的，它高高地擎着，像一支路标，笔直地指向长征部队前进的方向……

这以后的路，卢进勇走得特别快。天黑的时候，他追上了后卫部队。

在无边的暗夜里，一簇簇的篝火烧起来了。在风雨、在烂泥里跌滚了几天的战士们，围着这熊熊的野火谈笑着，湿透的衣服上冒着一层雾气，洋瓷碗里的野菜咝咝地响着……

卢进勇悄悄走到后卫连指导员的身边。映着那闪闪跳动的火光，他用颤抖的手指打开了那个党证，把其余的六根火柴一根根递到指导员的手里，同时，又以一种异样的声调在数着：

"一，二，三，四……"

1958年1月20日

三人行

"一定要走到那棵小树跟前再休息!"指导员王吉文望着前面四五百米处的一株小树,又暗暗地下了一次决心。那棵小树的叶子早被前面的部队摘下来吃掉了,只剩下些光秃秃的枝丫,挑着几个干巴叶片,因此,在王吉文看来,它似乎比实际距离要远一些。

几天来,他一直用这个办法来给自己打气,但这办法却渐渐失去了效用,他确定的目标越来越近,而且也更常常怀疑起自己的眼睛:该不是眼有什么毛病吧,为什么看来很近,走起来却这么远?

这次又是这样,他没有走到既定距离的一半,就有些支持不住了,头开始有些发晕,腿也软绵绵的,脖颈儿因为用力往前探着,扯得脖筋暴跳作痛,真担心再一用力就会"咯嘣"挣断了。特别是胸前的伤口更是讨厌,随着他急促的呼吸,里面那条纱布捻子像一把小锉在来回拉动。就连路也像突然变得崎岖不平了。当一星期以前,他带着他的连队踏进这茫茫的草地的时候,这草地是多么平坦哪,他甚至想到自己曾经走过大渡河两岸的重重山峦和那高耸入云的大雪山而略略有些"后怕";可是现在,这路却变得那么坑坑洼洼,水草那么滑,简直站不稳脚;草根太多了,稍不留神就会摔倒……

通信员小周伏在指导员的身上,觉得身体晃得厉害,凭经验,他看出指导员又撑不住了,便说道:"指导员,快休息一下吧!"

"不!"王吉文故意把声音提高,他知道第一次动摇了,就会有第二次,第三次……为了不让小周那双溃烂了的脚落到泥水里,他把小周的屁股用力往上托了托,说:"不要紧,只要你再给我增加点儿'营养'就行！"

小周腾出一只手，把怀里那一大把车前菜叶子翻了翻，拣了两个嫩叶，摸索着填进指导员的嘴里。他们已经断粮两天了，就靠这东西塞肚子。两人管吃叫作"增加营养"。

好容易走到那棵树底下，王吉文拣块干地方把小周放下来。刚弯下身，忽然听见小周喊了声："喂，同志，哪个单位的？"

这时王吉文才发现身旁还躺着一个同志。那同志见有人来，慌忙抹了抹眼睛，却没有说什么。

王吉文连忙凑过去，亲切地问道："怎么，也掉队了？"

"不……不行啦！"那同志伸手揭开盖在身上的那块油布，揩着小腿肚子上一处被水浸坏了的伤口，有气无力地说。

"别泄气嘛，同志，我们来想办法走吧！"王吉文安慰他说。

"不,自己的身子自己明白。呶,拿走吧!"那同志指指身旁那支步枪,"你要是碰到十三团二连的同志,请顺便说一声:黄元庆已经'革命到底'了!"说到这里,他喘了口气,休息了一下,从挎包里掏出了一副绑腿,扔给小周,动情地说:"给你,小同志。你好好地活着出去,把我的那一份工作一块儿干了吧!"

一阵风吹过,树上那几片孤零零的叶子"啪啪"响了几声。小周哽咽着接过了那副绑腿。

王吉文也觉得心里一阵酸楚。凭他做了两年指导员的经验,他知道,有的战士在战斗中视死如归,但在极端艰苦的环境面前,特别是看来陷入绝境的时候,却容易莽撞地选择一种最简单的办法对待自己。他像是自言自语地说:"你将来那份工作是什么?同志,你想过吗?"他本来还想再说些什么,可没有说出口,他只顾在发愁:这两个不能行动的同志可怎么带他们走?

他正在想着,忽然看见远处出现了一簇人

影，人影走近了，还有一匹马。他心里顿时高兴起来。但是当这伙人走到近前的时候，他却失望了。只见马上挤坐着两个人，牵马的那个人肩上背着两支步枪，一手牵马缰，一手搀着一个病号。王吉文认得出，这人正是本师的师长。

师长向着他们三个人看了看，默默地从枪筒上解下半截儿米袋子，抓了一把炒面递给王吉文，然后厉声地问道："为什么不走？"

"这个同志伤口犯了……"王吉文指着黄元庆回答。他知道师长是个严厉的人，不由得有些心慌。

"背上他走！"

"我，我已经背了一个……"

"同——志……"师长向前跨了一步，直看着王吉文的脸，话说得又低又慢还有些沙哑。这时王吉文看见师长的脸上现出一种焦灼、痛苦的神情。师长没有把话说下去，却突然提高了声音说："背上他！"

说完，师长霍地扭转身，挽起马缰，扶起伤员，又蹒跚地向前走了。

一个人背两个人，王吉文思索着这个似乎不近情理的命令，不禁有些茫然了。但他很快又想起了师长那痛苦、焦灼的神情。这，仿佛是对这个命令的补充说明。

"对，背上他！"想着师长的话，他蓦地想出了办法。他兴冲冲地抓起小洋瓷碗，从水洼里舀了一些凉水，拌上一点儿炒面，给黄元庆吃下去；接着又弄了一份放在小周面前；然后抓起黄元庆的一只手，背向着他蹲下来，果断地说："黄元庆同志，我以指导员的身份命令你：走！"

他背起黄元庆，对小周说："你在这里等着，我一会儿回来接你！"他说完便大步向前走去。

当他到了一个新的目标，觉得体力有些不支的时候，便把黄元庆放下来，然后走一段回头路，再背上小周继续赶上去。

一趟，两趟，三趟……

目标一个个留在身后去了。王吉文实在觉得惊奇：哪里来的力量又走了这么远？可是他也发现，自己是渐渐不能支持了，特别是这一次，似乎黄元庆的体重忽然增加了许多，脚下的泥水也好像更软了，眼前的景物渐渐变成了两个，身子晃荡起来。已经走了几个来回了？17次，还是18次？……他正想着，突然脚下一滑，身子一拧，他连忙挣扎了一下，总算没有摔倒，可是胸前的伤口却剧痛起来，痛得他忍不住"哎哟"一声。

"指导员,你怎么啦?"

"没有什么!"王吉文回答,一眼看见自己的手正捂着伤处,慌忙拿下来,扭头望了黄元庆一眼,心想:可别被他发觉呀!

这时,黄元庆却惊叫起来:"指导员,放下我!你……"

"别说话!"王吉文大声呵斥地说。就在这时,他觉得眼前一阵昏黑,一口甜甜的带点儿腥味的东西涌到了嘴边,他慢慢地歪倒了。

当王吉文醒来的时候,他发现自己正仰脸躺着,身子却在缓缓移动。"这是怎么啦?刚才的伤口?"他往伤处摸了一把,一条绑腿已经把它包扎得好好的了。他惊奇地扭头看去,只见自己正躺在油布上,油布旁边的水草里,两条糊满泥巴的腿在往前移动,一条小腿上正涔涔地流着血水。再往前看,黄元庆和小周并排着匍匐在草地上,每人肩上挂着半截儿绑腿,拉住了油布的两角,正在吃力地拖着往前爬。油布沿着光

三人行 ★ 015

滑的水草往前移去。他俩一边爬,一边说着话:

"……一个人该有多大的劲哪,看他负了伤,还背了我们那么远!"这是黄元庆的声音。

"人就是有那么股子劲儿,有时自己也摸不透。你刚才还说,自己的身子自己明白,可这会儿……"

王吉文看着、听着,他弄明白了这一切,心里顿时激动起来。他仰起脸,望着天空轻轻地吁了口气。天无边无垠的,好像为了衬托那令人目眩的蓝色,几朵像绒毛似的白云轻轻地掠过去。在那白云下面,一长串大雁正排成"人"字形的队伍,"喽——嘎!"地叫着,轻盈地向南飞去。它们挤得那么紧,排得那么整齐。

1958年1月23日

普通劳动者

林部长随着刘处长走下公共汽车,解下脖子上的毛巾把脸上的汗擦了擦,便急急地扛起行李往工地上走。他原想能在下午两点钟以前赶到营房,随大队一道上班去参加劳动的,但是上午的会散得迟了些;更不凑巧的是,汽车没到昌平就"抛锚"了,又耽误了近半个小时,当车到营房跟前,已是3点过5分了。于是他们不得不临时补了一张车票,直接到工地上来。用林部长的话来说是:"既然掉队了,就得赶快补课,做个'插班生'也比'留级'强!"

6月中旬的天气已经够热了,这下午三四点钟时分,更是一天里最难耐的时候,公路上焦干、滚烫,脚踏下去,一步一串白烟;空气又热又闷,像划根火柴就能点着了似的。将军一手扶着肩上的行李卷儿,一手提着装有脸盆、牙具等杂物的网兜,大步走着。还没有拐上山口,他的脊背已经被汗水打透了。汗水,沿着他那斑白的鬓角和草帽带子涔涔地流下来。

走在后面的刘叔平上校紧走了几步赶上来,把手里的零碎东西往将军面前一递,喘呼呼地说:"部长,把背包换给我!"

"算了吧,你也不是小伙子!"林部长看了刘处长一眼,笑了笑说,"咱们两个彼此彼此!"

上校的确也够呛。他真的不算年轻了,而且因为身体胖,更不禁热,这会儿,他整个上身像在水里蘸过了似的,汗水在他那络腮胡子梢上聚成了一粒粒晶亮的水珠。

"要不,就稍微休息一会儿?"他询问般地看了将军一眼。

"不必啦,倒倒手就成!"将军停住脚,索性把那件洗得发白了的灰布上衣脱下来,搭到肩膀上，只留件背心；又把行李换了个肩，然后向一个过路的同志问道："工地快到了吧？"

"呶，过去那儿就是！"那人指指迎面的一座牌楼。

果然，他们刚跨过牌楼，一片喧闹的人声混合着机器声、喇叭声就迎面扑来，整个坝后工地都展现在面前了。这是一个巨大的劳动场面：一条高大整齐的"山岭"把两个山头连在了一起，一条条巨蟒似的卷扬机趴在大坝上，沙土、石块儿像长了腿，自动地流到坝顶上。坝上坝下到处是人，汽车、推土机在匆忙地奔跑……将军一面走一面四下里看着，这劳动的场景使他感到非常激动。对于这个地方，他并不陌生。这里是作为一个军事重地留在他的记忆里的。九年多以前，他曾经为了攻取这一带山岭又要保护住这里的古陵而忧心过；他不止一次地在作战地图上审视过它，在望远镜里观察过这里每一个山头，至今，对面那几个山头的标高他还依稀地记得起来。但是，现在变了，作为战场的一切特点都变了，当年敌军构筑的防御工事早已被山水冲平，那依山筑成的小长城也只剩了个白痕痕，连那座小山头也被削下半截儿填到大坝上了。几年来，他每次看到过去战斗、驻扎过的地方在建设，总抑制不住地涌起一种胜利和幸福的激情，而现在，他又作为一个普通的劳动者来到了这里，这种感觉就更加强烈，所有疲劳和酷热全被忘记了。

他俩按着部队的代号，找到了要去的单位的劳动地点。为了能借劳动的机会熟悉这些他平时接触较少的人，他们特地选择了这个单位来"入伍"。人们正在紧张地劳动着。在一道一米多高的土崖下面，平躺着一列斗车，战士们分成三部分，一部分拿锹铲土，一部分挑土。他们从三十多米的远处，把沙土挑到崖边，再由另一部分人把它倒进车里去。将军觉得自己像个迟到的学生走进课堂一样，很不好意思，他拉了上校一把，悄悄地把行李放好，然后把草帽往前拉了拉，走上前去。工具没有了,只找到了两个空筐,他俩便每人抓起一个,用手提起土来。

用手提土真不方便,走得慢不出活儿,又勒手,为了不妨碍别人还得走道外边。将军刚提了几筐,就听见一个尖细的声音在喊他:"喂,老同志,怎么还是个'单干户'呢?"

将军被这个友好的玩笑逗笑了,抬头一看,原来说话的是个年轻的战士,他不过20岁,一张圆脸,厚厚的嘴唇上抹着一层淡淡的茸毛,一绺头发从软胎的帽舌底下掉出来,被汗水牢牢地贴在前额上,显出一股调皮劲儿。他正挑了担沙土颤悠颤悠地走过将军的身边,调皮地笑了笑,露出一对白白的小虎牙。将军笑着回答:"我是个新兵嘛!"

"那……你等等!"青年战士连忙把筐里的土倒下,然后拔腿跑到滤沙架子底下拖来了一只大抬筐。他把抬筐往将军身边一搁,说道:"来,咱俩组织个'互助组'好不好?"

"好！"将军高兴地回答，连忙蹲下来帮着他整理抬筐的绳子。

"你这可不行，"战士一面理着筐绳子，一面真像个老战士似的批评起来，"这样毒的太阳，你光着膀子一会儿就晒爆皮了，可痛啦！"说着就去给他拿衣服。等将军顺从地把上衣穿好，他又认真地介绍起经验来。告诉他："因为天太热，要多喝开水，等会儿来了咸菜要猛吃！"告诉他："下班时候要把鞋子里的沙土倒干净，要不走到家就会打泡的！"还告诉他："睡觉前要用热水烫烫手脚，因为条件很好，每人可以分到两勺子热水……"

将军感激地望着他那孩子气的脸，一一答应着。他觉得这个青年人实在可爱，便和他攀谈起来。他很快就知道，这个战士叫李守明，是通信班的，才21岁，是1955年参军的老战士。并且从这张爆豆锅似的嘴巴里，很快知道了工地和这个单位的一些情况。这样边干边谈，等把抬筐收拾好,他俩已经成了很熟稔的朋友了,仿佛两个人老早就认识似的。将军亲热地管这个青年人叫"小李子",小李也毫不拘束地管这个穿灰衣服的老同志叫起"老林"来了。

他俩抬起抬筐,走下了装料的沙坑,装上满满的一筐。将军还不满足,又在上面加上一个"馒头"。可就在这时候,他俩发生了第一次争执。原来趁将军弯腰上肩的时候,小李偷偷把绳子往后移了半尺多。这个"舞弊"的做法被将军发觉了。他扭回身抓住绳子往前移过来,不满地说:"这、这不行!"

"我身体好,这边稍微重点儿没啥!"小李把绳子又移过去了。

"你这是欺负我看不见!"将军伸手抓住绳

子又往前移了过来,"咱俩加起来够70岁,我就占了三分之二还多,你还糊弄我!"

"……"

一场争执刚结束,抬了两趟,又争起来了。

这回是小李先开口:"不行,不行,你的腿脚不灵便,从这些筐头子空里穿,不安全,栽倒了咋整?"

"没关系嘛!"

"啥没关系?"小李眼珠一转,又出了个点子,"你走得慢,当车头不行,咱俩净挨压!"

"……"将军没话讲了。因为腰上、腿上都负过伤,他带头的确走不快。

"来,你掌舵,我带头!"小李胜利了。其实,他走得一点儿也不快,不过他领头走能灵活地绕过沙堆,踢开空筐,老年人摔跤的危险是没有了。

争执归争执,他们却合作得非常好:小李头里走,将军在后面喊着"一、二、一",两个人走着和谐的步子;他俩分吃一块咸菜,用一个水壶喝水,随着每一趟来回,两个人都觉得出,他们这

"忘年交"的友谊在迅速地增进。

抬空筐的时候,小李怀着深深的敬意,望着将军那帽檐边上的汗水和那一圈花白的头发,仿佛那里的汗水随淌随凝结了,结成了一层盐粒子,均匀地撒在头发梢上,简直分不出是白的多还是黑的多。他心想:别看这老同志年纪大,干劲可真不小,明摆着铲土比抬土轻些,他却偏偏要拣重的干!

将军也深深地爱上了这个年轻人。抬着土走的时候,将军望着小李的背影,在那件淡黄色的背心中央,一个大大的"5"字;而这青年人抬土也像在球场上一样,没有一霎安生。比方,装料台上净是一排排装满土的筐头子,他们只要挨着边放下就行了,他却总是蹒跚地走到最前面,为的是"装车方便些"。而在回路的时候,他又总爱放开嗓子叫一阵子,舞弄着胳膊指挥一番,要不就嘟哝着把放得不合适的筐子整理整理。临走,还得带上几个空筐。他的意见也特别多,一会儿嫌装料的人少了,窝工;一会儿叫:"别乱扔空筐子,砸到人!"而这些意见又常常和将军的感觉是一致的。将军觉得他每走一趟,就对这个青年人多一层了解。这些年来,自己虽然也常下部队,就在前天,他还在"试验田"(连队)里呢!他也不止一次和战士谈过话,但似乎都没有在和这个青年战士共同劳动的几个钟头中,对一个战士的思想感情了解得这么真切。他从小李所表露的那种主人翁态度,那种主动精神、集体主义感情……联想到试验连队,想到他那一部的工作……想得很多,以致有几次差点儿被脚下的筐子绊倒了。

他就这样边思索、边劳动,一气干了三个多小时。

六点半钟,两个炊事员抬着一大筐馒头和一桶咸菜来了。斗车开出之后,也没有再开回来,看来卸料台也在吃饭了。于是人们便"哄"的一声围住了馒头筐子。将军也挤过去,从人缝里伸手抓了两个馒头和几条咸萝卜，然后找了个细沙堆躺下来。

直到这时，他才觉得实在有些累了。本来，像这样的劳动活儿，对他来说也不是什么新课，28年以前，他决定参加红军的时候，已经是水口山矿上的一个有三年工龄的矿工了，砸石头、挑矿砂，他什么活儿没干过？更不要说参加红军以后那些艰苦的战斗生活了！但，这毕竟是多年以前的事了，这会儿一连抬了三个钟头的沙土，他才意识到，自己的体力是不比从前了：头被烈日晒得有些昏，肩头已经有些红肿，腰部、两腿酸溜溜的，腰上的伤口也开始隐隐作痛了。那地方在1936年东渡黄河的战斗里，被阎锡山的队伍打断了一条肋骨。他把腰眼贴在沙土上。被太阳晒得滚烫的沙土，烙得伤处热乎乎的，像敷个热水袋似的，十分舒服。他咬了口馒头，扬起拳头轻轻地敲了敲腰眼，暗暗想道："没有关系，只要今天能坚持得了，过了明天就没有问题了！"

他嚼着馒头,倚着沙堆,向大坝看去。一大片乌黑的雷雨云正从蟒山背后涌起,急速地升上来。被浓云衬托着,大坝仿佛是一只停泊在海里的大军舰,更加雄伟了。大坝的两头,像两个炮群在集中发射,不时腾起一簇簇棉朵似的烟尘,爆发出一连串隆隆的响声。似乎借着这响声做节拍,扩音器里正播送着雄壮的歌曲:

我是一个兵,

来自老百姓,

革命战争考验了我……

看着这场景,将军觉得十分快意。这时,他才发现沙堆背后有人正在兴高采烈地谈着什么,一个粗重的话音传来:"……嘿,那才叫紧张呢,整天是沙土、木料,木料、沙土,哪里还分几个钟头、多少班次?干就是了……"

"修好了吧?"一个人焦急地问。

"当然。师首长都亲自拿着铁锹干哪,修不好还成?我还跟师长一块儿抬过一根大梁呢!林师长一边抬着木头走一边喊:'同志们,干哪!咱们把工事修好了,叫敌人连一滴水也淌不进来!'看,说得多好!"讲话的停了一下,咯吱咯吱嚼了阵咸菜,又补了一句:"你们说,要用那股劲修水库,唵?!"底下的话被一阵哄笑淹没了。

将军微微笑了笑,他听得出这人讲的是哪一次阻击战。当时他是不是讲过这些话,他是记不起来了,但这段话却把他引到那些满是硝烟的日子里去了。他情不自禁地又向那高大的水坝瞥了一眼。心想:他这鼓动工作挺不错,那件事和眼前的情景还很有些相像呢!

他刚想欠起身去看看讲话的是谁,忽然身边扬起了一阵灰土,小李一蹦一跳地过来了。

"你什么时候跑到这里来了,叫我一阵好找!"小李把一草帽兜馒头递过来,又摸起腰间的水壶,一仰脖子喝了两口,然后伸手递给将军。

将军一面喝水,一面问:"你找了好久了?"

"没。找不到你,我去听故事去了!"

"咳,"将军爱怜地看看他那满是汗水的脸,把擦汗毛巾递给他,略带责备地摇了摇头,"看你热的。干这样的重劳动还不够你受的,还到处瞎跑!"

"咱这算什么,小事一段!"小李一面擦汗,一面反驳。看来刚才听故事所激起的情绪还没有过去,他激动地说:"干这么点儿活儿,有房子住,有白面馒头吃着,还能说累?那人家老红军长征的时候爬雪山、过草地那么苦,怎么过来的?"他咬了口馒头,问将军:"老林,你听说过老红军长征的故事吗?"

将军微微笑了笑,没有回答。

"没有吧?你们,不是门房就是伙房,啥也听不到。我可听说过!"谈到这事,小鬼流露出显然的激动,馒头也忘了吃了,"指导员给讲过,红军长征可苦啦!过草地的工夫,没的吃,吃草根,吃野菜,听说有个同志饿得没法儿,把条皮带煮煮吃了一天！"

说到吃皮带，这个小同志显然是加上自己的想象，把听来的故事夸张了。将军知道，皮带并不像吃鲜黄瓜那样清脆可口，一天可以吃上一根。那时，他那只牛皮鞋底是吃了三天才吃完的。但他也很为小李讲到这事时的激情所感染，没有给他纠正。只是说："那样的环境嘛，不吃那个吃啥？"这倒也是实在话，在将军看来，当时这样做是十分自然的，丝毫没有什么特别之处。

"什么？"小李被老同志这种淡漠的反应激怒了。他急得脸通红，结结巴巴地说："咳，你，你这人真是……你根本不知道人家那些老革命多么艰苦！"说着，他动了真气，像不屑于和这个不通情理的人说话似的，一翻身躺下去，枕着手，望着天，停了半天，又自言自语地说："那些老革命，牺牲了那么多，受了那么多苦，把打下来的江山双手捧着递到我们手里，说：'你们好好地保卫它，把它建设好吧！'你说，我们要不好好地干,日后要是碰巧见了他们,叫我们咋说?"

将军侧身望着他那激动的脸,顿时涌上一种温暖、甜蜜的感觉。这青年人对自己的责任的理解虽然还不十分完整,但是将军从他身上分明地觉察到:老一代战士们经历的那艰难困苦的生活,那艰苦奋斗的光荣传统,已经作为一种宝贵的精神财富被新的一代接受下来了。它滋养了他们,成了鼓励他们献身于社会主义革命和建设的动力,并且在新的条件下爆发出新的火花。

想着,将军也不禁动情地说:"想想那时候,这会儿该拿出更大的劲儿来工作才行啊!"

"对,这才像话!"小李的气平了些,他又咬了口馒头,随即把嘴巴附到将军的耳边,悄声地说:"知道不,我们将军的工作可忙咧!你见过将军吗?"

将军又笑了笑,没有回答。

"不信?我可见过!"他霍地坐起身,略带神秘地说:"那天,都半夜三点了,收发把我从被窝儿里拖出来,叫去给将军——我们的政委送一份急件。我想，将军忙活了一天，这会儿一定休息了。你猜怎么着？"他带着掩饰不住的敬意，把话停顿了一下，"将军还伏在桌子上写东西呢！"

"将军也得工作嘛！你还不是一样？三四点钟爬起来工作！"

"看，你又来了！我睡过一觉了呀！"小李不满地把嘴巴一噘，正要再说什么，忽然被一阵大风噎住了。一大滴水点子滴到他腮帮子上，接着，疾风挟带着沙土扑过来，大白点子雨急骤地洒落下来，打在沙土上，激起一股股细烟。

这雨来得又突然又猛烈，袭击得人们手忙脚乱，有的忙着找雨具，有的忙着找避雨的地方，一时，沙土坑里，滤沙架子底下，沙堆背后，甚至厕所席墙的旁边，凡是能挡挡风雨的地方，都挤满了人。小李看了看车道，见斗车还没有来，便一把把将军拉起来，三脚两步赶到一个木作棚底下蹲下来。

雨，越下越大，风，越刮越急。不知谁的什么

东西找不见了,在直着嗓子喊叫;不知谁的草帽被风吹离了地面,像个风筝似的一翻一翻地跑了。就在这时,呼隆呼隆,空斗车被拖拉机牵引着,像只掐了爪子的大蜈蚣,蜿蜒着、颠簸着,开进了装料台。

"那边卸料的同志在等着,得马上装料才行,但是……这么大的雨!"将军思忖着,四下里望望,只见有几个同志走出了避雨的地点,向装料台走了几步,但看看别人没动,他们又犹犹豫豫地退了回来。身旁的小李早已沉不住气了,大声嚷着:"分队长!分队长!"

"分队长去开会了!"不知谁在回答。

将军看着这情形,心里一动。他知道,部队里常常有这样的时候:一件事情,大家都知道该这么干,恨不得马上就干,但是就因为没有人出面,却不能动手。这种时候,只要一个人说句话,就会立即行动起来的。于是他拉了小李一把:"小李子,咱们去干吧!"

普通劳动者 ★ 035

"好！就是分队长没来……"

"咱们先干嘛！"将军一按小李的肩膀站起来，随手把小李拉起来，接着便提高了声音喊道：

"同志们，走哇！"

说完，他一弓腰走出草棚，钻到暴风雨里去了。

这句话像一道命令，人们都站起来了，一个，两个，三个……跑进了雨里。他们哄笑着，叫嚷着，跟在将军后面向装料台奔去。将军一边跑一边回头看看。这情景很使他兴奋。"有多少年没有这样做了？"他暗暗问自己，脑子里忽然浮上了另一副情景：那是在草地上，也是这么个暴风雨的傍晚，被疲劳寒冷和饥饿折磨得衰弱无力的战士们，为了躲雨，都直往树丛里钻。但是，作为一个连长，他知道，要是天黑之前找不到干些的地方宿营，摸黑儿在烂泥里钻是很危险的。当时，他也是这么喊了一声，队伍又前进了。

他和小李跑到装料台边，浑身已被雨浇透了，沙粒、雨点吹打在脸上，麻沙沙地疼，但他顾不得这许多，两人抓起铁锹，装了满满一筐沙便抬起来紧跑。正跑着，迎面两个人跑过来，走在前面的人一把抓住将军的扁担梢，气喘吁吁地说："首长，……这活儿太重，你……"

将军一定神，才看清那人臂上的红袖章，跟在后面的是刘处长。他随手拨开分队长的手说："嘿，什么首长，在这里我是战士，你才是首长哩！"说完，他把土筐落下，又补充说："分队长同志，我有个意见：你得赶快把大家组织一下，风雨里看不清，要特别注意安全！"

"对！"分队长无可奈何地松开手，一面辩解着"段上叫开会，我刚回来……"一面急匆匆地往前走。走到小李身边，他又伸手挽住小李的肩膀，低声地说："将军年岁大，又负过伤，你可得留心照顾着点儿！"

"将军？"小李不由得惊叫起来，这情况太意外了。他分不出自己是由于感动还是由于紧张，他觉得自己的心跳得很急，眼里像灌满了雨水，又湿又涩。他连忙放下扁担，走到将军面前，结结巴巴地说："将军同志，我不知道你是……"

"嘿，你这小鬼！"将军爱抚地把手搭在他的肩上，顺手轻轻地推了他一把，说道："快，快掌好舵，我这车头要开啦！"说罢，他一弯腰抄起扁担，搁到了肩上。

小李激动地抓起扁担，望着将军那花白的头发怔了一霎。雨水混合着汗水，正从那斑白的发梢上急急地流下来。他深深地吸了口气，趁势悄悄地把筐绳又往后挪了半尺。

这回，将军却没有发觉。他一手扶肩，一手甩开，挺直了腰，迈开大步向前走去。他走得那么稳健，又那么豪迈。当他带着他的连队走过荒无人烟的大草地时，就是这样走着的；当他带着他的团队通过日寇的封锁线时，当他带着他的师跨进"天下第一关"时，他也是这样走着的。

1958年6月29日于十三陵水库工地

亲人

离下班的时间还有半个多钟头，桌角上的电话突然急骤地响起来。曾司令员放下手里的红铅笔，伸手抓起听筒。

电话是从将军的宿舍里打来的。公务员带着掩饰不住的兴奋说："首长，你的父亲来了！"

父亲？将军不由得心里一震："噢，他果然来了！"

像一块石子儿投进湖水里，将军那平静而专注的心情被这突如其来的消息搅乱了。他下意识地抓起桌上的文件，举到眼前。按照将军那严格的生活习惯，他是要在今天下午把这份报告看完的。但是，这份刚才那么使他感兴趣的"新兵工作"报告，这会儿却失去了吸引力。在他眼里只是一些蓝色的花条在那半透明的打字纸上跳动,怎么也读不进去;而脑子里却老是在翻腾着一句话:"他来了,怎么办?"

这个问题使将军困扰了差不多快半年了。今年5月间,他突然接到了一封信。信是江西一位农民写的,交报社转来的。他疑惑地把信拆开来,在信的开头,紧接着他的名字后面是四个粗黑的大字:"吾儿见字"。当时,司令员曾哈哈大笑着向政委说:"看,来认我做儿子了!"

但是,当他继续读着信的内容的时候,随着那一个个黑字,他那开朗的笑容却被紧蹙的双眉代替了。信上写着:"……5年以前,白杨嶂的广善回家了,他说你早就不在了,在过大草地的时候牺牲了。我难过,哭了一场又一场。可我又不信你会死……前天听人说你在报上发表讲话了。天下重名重姓的人不少,可不能那么巧……我给你写这封信,要是你是我的儿子,就给我来信,你要不是我的儿子……"信就在这里断了。大概这位老人再没有勇气把下半截儿话说出来，代笔的人怕也是被老人这念子之情所感染，没有再添加什么，下面只落了一个陌生的名字。

显然，这位老人是错认人了。按常理，既然非亲非故，写封回信解释明白就行了。可是不知怎的，将军却没有这么做。他按着老人来信的地址，写了一封信寄到县的民政科去查问。回信很快就来了，这位烈属是个孤苦伶仃的老头儿，政府和社里已抚保着他的晚年。他那个和将军同名的儿子是1931年参加红军的，据调查，确实在过草地时牺牲了。

接到信的当天晚上，将军伏在桌上给老人写信了。他写了扯，扯了写，直到夜深了，信还没有写成。不管措辞是多么委婉，可是每当他写到"我不是你的儿子"这几个字的时候，手就不由得微微发抖；到后来，就连想到这几个字，也觉得脸都有些发烧了。直到夜里一点多钟，当他在信的开头写下"父亲大人"四个字，并且重重地点下

亲人 ★ 041

两个圆点以后,他觉得自己的感情才能顺畅地表达出来。他写好了信,第二天亲自跑到邮局去,装上20元钱的汇票,把信发出去了。

这个做法是这样的出人意料。当将军发信回来,公务员赵振国就忍不住悄悄地把这消息告诉了汽车司机老韩:"人家认儿认女,可咱首长,高高兴兴地认了个老爷子!"

其实,小赵又哪里知道将军在这个差不多通宵不寐的夜里所涌起的心情呢!将军早就失去了父亲。早在二十多年以前,国民党军队向苏区进行第四次"围剿"的时候,老人家就被害死在村南那道长满大榕树的山坳里了。当将军读着这位烈属的来信的时候,当他捏着钢笔,为了斟酌回信的每一个字句而沉思的时候,他曾经不止一次地回忆起自己所能记忆的父亲的面容。他不知道这位失去儿子的老人的模样,不知道他的年纪,除了这个陌生的名字,他几乎什么也不知道,但是他却总不由自主地把这位老人想象成自己父亲的样子：乌黑的胡子，眉毛老长老长的；额角的两端一直秃进去，耳边的头发像撒上了两小撮面粉；甚至在左耳朵底下也一样有着个铜钱般大的瘢痕……不，当然不会是这个模样——这位老人只是等待自己的儿子就已经等了二十多年了。

那么，老人的儿子呢？怕是真像那位同志说的，早已牺牲了。随着这个念头，将军的思路不由得转到过去那些在他身边倒下的战友上。他索性放下笔，呆呆地望着窗前那棵老槐树沉思起来。也许老人的儿子是当年的四班长曾庆良？他是掩护部队渡湘江时牺牲的。或者是四连指导员曾育才？他是过大雪山时为了抢救一个挑夫而掉下山沟去了……这些同志并不和他同名，可是不知怎的，他却总想把他们和这位老人联系在一起……

将军继续沿着自己的战斗道路想着，慢慢地眼前那一丛柏叶幻化成了一片茫茫的绿野。那是大草地，到处是腐烂的水草和污泥，一汪汪的水潭，水面上浮泛着一串串黄绿色的水泡。他掉队了，正忍受着难耐的饥饿在蹒跚地走着，突然，脚下一软，一条腿陷下去了，他拼命一挣扎，另一条腿又陷了下去。整个身子在向下沉，水，淹过了大腿，淹上了肚子……就在这时，一支枪托平伸在他的脸前。接着一个沙哑的嗓子喊："快，快躺下，往外滚！"他连忙躺倒下来，就在这一瞬间他认出那人是六班的战士曾令标。借着这拖曳的力量，他滚出了烂泥。等他在一块硬实的泥堆上站起身，就看见曾令标因为全身用力，早已深深地陷进了泥里，他惊叫一声："老曾……"慌忙摘下肩上的枪，已经来不及了。曾令标一声"再见"还没说完就沉进了泥水里，水面上只留下一只手，高擎着步枪，枪筒上挂着半截儿米袋子，旁边一串水泡和一顶缀着红星的军帽在浮动着……

"我这条命是战友给的呀！"想到这里，将军情不自禁地望望身边的那张小床，床上，他小儿子一只胖胖的小手搭在被子上,睡得正香。他觉得自己的眼睛有些模糊了,血在一个劲儿地向脸颊上涌。从那个难忘的日子起到现在,无论是战斗、工作还是学习,将军总是严格地警醒着自己:"多干些!再多干些!"这里面除了一些更重要的原因以外,就是他从心底里感觉得到:他肩上还担负着另一些人的未完成的一切,哪怕能代他们做一点儿也是好的。但是现在他却突然发现,这些还不就是一切,只要有可能,他似乎还应该担负起另一项义务。

这个义务是什么呢?他的眼睛不由得又落在老人的那封来信上。不错,曾令标的家庭情况和地址他没来得及知道,而且这位战友与老人之间也没有什么必然的联系。但事实却是:老人的儿子也像曾令标同志那样英勇地死去了,而老人却在怀着微弱的希望,在那白色恐怖的日子里含辛茹苦地等着,等着,等了二十多年。

"要使这位失去唯一的儿子的老人得到安慰,

最好的办法是还给他一个儿子！哪怕是暂时的也好！"就怀着这种复杂的感情，将军写下了那封回信。

这以后，将军就成了赡养和安慰这位老人的亲人。每月，当发下薪金的时候，不管工作有多忙，将军总要挤出一个夜晚用在写"家信"上。慢慢地，将军惊奇地发现，随着一封封信的往来，他和老人的心在一天天靠近，他仿佛觉得，这陌生的老人就是曾令标同志的父亲；不，简直已经成了他的家庭中的一个重要的成员了！每当天气凉了，他就会告诉爱人高玫："给老人织件毛衣吧，还得弄双毛袜子去！"每当家里谁伤风

感冒了,他也会忙着写封信向老人问候……而老人的来信中流露出的每一点儿愉快的表示,将军也感到极大的快乐。

尽管这样,但将军却仍然暗暗不安,生怕书信中哪一个字会露了马脚,被老人发觉。特别是上月"父亲"来信说要来这里看望"儿子"的时候,他更加不安起来。他曾经连着写了两封信,要求老人不要来。理由嘛,当然很多:他工作忙,老人年纪太大了……并且肯定地告诉"父亲":只要他工作一有空儿,他会带着小孙孙去看他的。他希望这样能把老人暂时稳住。因为他知道事情总会被老人知道的,如果真相来得迟些,那会使老人的感情得到温暖的时间长一些。可是,毕竟将军对这位老人思念儿子的心情体察得还不够周到,现在,老人竟不顾"儿子"的种种劝阻,还是来了。

"现在,可怎么办呢?"将军苦苦地思索着。

这位身经百战的司令员,从来不是个优柔寡断的人,过去,多少次战斗,多么复杂的情况,他总能够果断地下定决心。可是现在他却像一个迷路的人走到三岔路口上,左右为难了。直到下班铃响了,他走出办公室的时候,还没有找出答案。

汽车迎着晚霞,在秋风里平稳地驶着。将军怔怔地望着车窗外那向后退去的梧桐树,忽然欠起身:"开得太快了!"他觉得这些树向后退得快极了,简直像一株株倒下来似的。

司机老韩笑着扭头望了司令员一眼:"不快呀!"说着,用指甲轻轻地敲了敲速度表,表针正在"20"和"40"之间微微颤动着。

"慢点儿,再慢一点儿!"将军对自己的幻觉也感到有点儿好笑,但他实在希望慢一点儿到达宿舍,好让自己有时间再把这件事想一想。也怪,似乎车子越驶近家门,这个问题变得越简单了。"看来只好这么办了,"将军下了决心,"把一切都告诉他,反正我会像那位死去的战友一样,对这位老人尽一个做儿子的责任!"瞬间,他甚至把安慰老人的话都想出来了：不，老伯，你的儿子是为革命牺牲的，我们活着的就都是你的儿子……他觉得这两句还不够亲切，又想道：老伯，你没有了儿子，我也没有了父亲。我认你做爹爹，你就认我这个儿子吧！

想着，将军竟抑制不住地激动起来，把话低低地说出了声，倒弄得老韩有些摸不着头脑。

车子渐渐靠近宿舍，将军的决心也更加坚定。他简直毫不怀疑地相信自己一定能好好地处理这次复杂的会见。

将军怀着激动而又多少有些惴惴不安的心情，跨上楼梯，轻轻地推开了房门。

他的4岁的儿子亚非怀里抱着只橙黄的大柚子，一蹦一跳地跑过来："爸爸，爷爷来了！"

将军顾不得逗弄孩子，他停住脚，向屋里张望了一下，只见那矮脚茶几旁边，一个矮小瘦弱的老人正把身躯深深地埋在沙发里，两手拄着根红竹烟管，脑袋伏在双手上，在半睡半醒地

亲人 ★ 049

打着盹儿。显然,长途的火车、汽车使这位年迈的老人太疲乏了。将军两眼直盯着那一丛斑白的头发:"这老人是多么衰老哇!"他的心头不由得涌上一阵酸楚。他知道,只要他再向前走几步,那斑白的头就会蓦地抬起来,然后一双贮满泪水的眼睛便会深情地盯住他的脸,望着他的嘴巴,期待着听到那盼了二十多年的声音——"爹!"而他,却要告诉他:"不,我不是你的儿子!"这,这对于这位年迈的老人实在太……

"不,不能这么做!"突然,一股强烈的感情冲动着他,他觉得自己眼睛潮润润的,模糊里,他眼前又闪过了露在水草上面的那只手,那支枪,那微微抖动的枪皮带……刚才一路苦想出来的做法,这会儿都不知哪里去了,他阅读老人来信的时候,他拿着笔写回信的时候所涌起过的那种感情,又以更大的幅度占满了他的心。他缓慢地拂开孩子的手,大步走过去,在老人身旁蹲下来,伸手轻轻抚着老人那瘦弱的肩膀,低低地叫了声"爹!"

这话一出口，将军不由得一愣：从他的口里有二十多年没有吐出这个字了。这个字眼是那么满含感情，又那么生疏。接着一个念头掠过：他就要发觉了！

正像他所想象的那样，老人惊醒了，猛地抬起头，手一松，烟管"吧嗒"歪倒在地板上。但出乎将军意外的是，老人的眼睛并没有射出那期望的光。那双被蛛网般的密密的细纹包着的眼睛，有一只已经深深地塌陷下去，另一只微微红肿着，好像故意眯起来似的，只留着一条细缝。像所有丧失视力的人一样，老人竭力把那只眼睛睁大，两只干枯的手却习惯地平伸在胸前，不停地抖动着，在将军的肩章、脖颈儿、头发上胡乱地摸索着，最后他紧紧地捧住了将军的脸颊，嘴唇哆哆嗦嗦地叫道：

"大旺子……"

这不知是哪个人的乳名，对于将军来说是那么陌生，但听起来却那么亲切！他直盯着老人的脸回答:"爹,是我!"

随着这应答声,老人那张像揉皱了的纸似的脸孔登时舒展开了。他长长地叹了口气,把身子向"儿子"更凑近了些,抱住将军的头,用力地瞅着、摸着,好像找到了一件丢失很久的东西以后,在辨认这东西是不是自己的一样。将军顺从地把脑袋俯在老人的胸前,任他抚摩着。这时候,他觉得有一滴热热的东西滴在自己的腮边上……他觉得仿佛直到现在他才第一次体验到父亲对于儿子的那种真挚、慈爱的感情。

半天,还是将军先打破了这沉重的寂静。他直起身,坐到老人的身旁,说:"爹,你……老多了!"这话说得有点儿慌乱。他还没有完全走进做儿子的境界里去,竟差点儿像以前对来队的军属那样,习惯地问一声:"你多大年纪了?"话到舌边才临时改了嘴。

"是呀!二十多年啦!"老人长长地叹了口气,"我记着你是头一次开全苏大会的那年走的,那年你才17，可现在胡子都扎手了，你今年该是40……"

"40……"将军连忙把话接过来，又沉吟了一下，"43了！"他没有把自己真实的年龄说出来。像所有那些不得已而说了谎话的人一样，他觉得一阵不安。为了掩饰自己的狼狈，接着把小亚非拉过来，往老人身边一推，补充了一句："你看，走的时候我还是个娃娃，现在都给你抱孙孙了！"

"可不，26年了嘛！"老人伸手把小亚非揽在怀里。孩子略带羞涩地叫了声"爷爷"，把脸偎在老人的脸上。孩子这个天真的动作在将军的心头漾起一种甜蜜的感觉：要是这个新的家庭组成了，该是多好哇！

孩子好奇地用小手梳理着老人那花白的胡子，像想起了什么，仰起脸问道："爷爷，我爸爸不是说你早就叫国民党给杀死了吗？"孩子嘴里突然冒出的这句话，使将军吃了一惊，他刚想解释几句，老人却毫不在意地把话接了过去。他摸着孩子的头说道:"傻孩子,不看到你们我能死?"说完,他扬起头哈哈地笑了。

这爽朗的笑声赶走了将军的疑虑,使屋里的空气增添了欢乐。将军有意把话题扯开些,便笑着说:"这是个小的,大的已经8岁了,在学校上学,过几天就能回来。嘿,一个比一个调皮!"

"龙生龙,凤生凤,你还能生出个安生孩子来了?你忘了你小时候了?天上的鸟儿你不揪它两撮毛才怪哩!"老人说得又诙谐又慈祥,这是只有父亲对自己的子女才说的话呀!听着,将军有些不好意思地想:我父亲也会这么说的!

老人说完,吃力地站起身,蹒跚着走到门边,从一个提篮里摸出两只大柚子,递给"儿子",笑笑说:"怕有多年没吃到自己家乡产的这玩意儿了吧?"

"嗯,柚子倒没少吃,咱家乡的味道可就没吃到过!"这倒是确实的。将军知道老人的家乡是有名的柚子产地,当年四次反"围剿"的时候,他也曾到过那一带,可这道地的果产他还没吃过呢！他拿起小刀，熟练地把柚皮剖开，剥出那粉红色的肥硕的果实。

"还记得不？"老人把一片柚子摸索着递给"小孙孙"，转脸向着"儿子"，"你离开家的时候柚子刚熟，那天，我和你妈把你一直送到村头咱那几棵柚树底下，你还非要带上几个给同志们吃不行。那时候我身板儿壮，眼力也好，我亲自爬到树上摘了几个扔给你，从那里一直看着你走出几里路……"

"记得！"将军含糊地回应了一声。他脑子里浮起的却是另一副情景。他是在一个黑夜里，土豪堵着大门的时候，翻过墙头逃到红军去的。那时父亲手托着他的屁股，把他推到墙上，然后递给他一个衣包，把仅有的50个铜元放进他的口袋里……那时父亲的眼睛……他望望老人家的眼，问道："爹，你这眼是怎么糟蹋的？"

"还不是那些狗东西造的孽？"提起眼睛的事，老人顿时变得十分激动了，滔滔不绝地讲起来:那是红军长征走了以后,这位忠于革命的老农民就暗暗做起了红军游击队交通员的工作。不幸,在1936年的秋天,由于叛徒的告密,老人被捕了。敌人知道他熟悉通往游击队密营的每一条山径,在把他残酷地拷打之后,又逼着他给白军带路。就在白军准备动身的前一天,老人向看守骗来了两大把石灰,咬着牙揉进了自己的眼里……因为残废了,老人才活着被抬出了敌人的监狱;亏了亲友邻居的细心照料,总算保住了半只眼睛。

"孩子,"老人激动地结束了他对过去艰难遭遇的叙述,"这些年来,我这做老人的没有给你丢脸哪!"

将军怀着深深的敬意,听着老人的叙述。关于老区人民在敌人残酷的白色恐怖下坚持多年斗争的情形,他在1951年秋天回到故乡时,曾经站在自己父亲的坟前,怀着悲痛和敬意听乡亲们讲过。而现在老人的话又勾起了那一副情景。将军不由得再一次想到草地水面上的那顶浮动着的褪色的军帽和那高擎着步枪的手……仿佛直到现在,将军才更清楚地体会到为了革命胜利人民所付出的全部代价。这里面不只有血,还有那数不清的眼睛所流的眼泪。"对于这些为革命事业献出了一切的人,你怎么爱他们也不会过分的!"他觉得自己的心和老人靠得更近了。他深情地抓住了老人的手说:"爹,那些年你可受了苦啦!"

"苦,不怕!为革命嘛!当时我就跟人讲:'给我剩下半个眼,我也用它看着这些家伙完蛋,看着咱红军回来!'可不是,就让我看到了!"老人抖抖索索地装上一管毛烟,等"儿子"给点燃着了,猛吸了一口,又说:"唉,说实话,这半只眼还有一个用处,就是等着能看一看你!你不知道,为了你,就这一只眼流的眼泪也足够个小伙子挑的呀!"

将军默默地掏出手绢,把老人眼里的泪水揩了揩,说:"爹,别难过啦,我不是在这里嘛!"

"是呀,想看的我都看到了!可是,"老人略略顿了一下,脸上浮上了一种不快的表情,"别怪你爹数落你的不是:胜利了这么多年,人家活着的

亲人 ★ 057

都回家看过了,可你怎么连封信也不往家写呀?"

老人责备得对,做儿女的怎么能对老人这么冷淡?将军懊恼地想:为什么没有早些和这位老人相识呢?但是又怎么向他解释?他嗫嚅着,说着临时涌到嘴边的"理由":"这些年我在学习……""信,我写过……"可怎么也觉得理屈。

正在这时,房门开了,将军的爱人高玫走进来,才打破了这尴尬的局面。

"高玫,你看爹来了!"说着,他轻轻地扯了扯她的衣角。

高玫会意地点点头,连忙跑上去,亲热地叫了声:"爹!"

"爹,别净想那些伤心事了,"将军伸手挽住了老人的胳膊,"来,吃顿团圆饭吧!"

在一张圆圆的小桌周围,坐下了这老少三代的一家人。老人的心情显然平静得多了,他把儿子拉在自己身边,不停地瞅瞅这个,看看那个,那凄苦、不安的表情早就消失了,幸福和满足的笑容挂在他那苍老的脸上。

为了使老人增添些欢乐，将军倒满了一碗老酒，端到老人的面前。

"你还没有忘了呀？"老人笑着接过酒，喝了一大口，扬起手掌擦了擦胡子。在他眼前浮上了多少年前让孩子端只瓷碗去打五个铜子儿的老酒时的情形。而在将军眼里，老人这爱好，这动作却又是那么熟悉——"连这些地方也像我的父亲呢！"

将军竭力回忆着自己父亲的一切爱好，把记得起的父亲爱吃的菜连着夹到老人的碗里去。老人却没有怎么吃，他不时停下来，向前探着身子，瞅着"儿子"吃饭，好像这比他自己吃还要紧。

"看，还是那么狼吞虎咽的，这又不是小时候了，没的吃！"老人直盯着"儿子"的嘴巴，忽然，他用筷子戳着将军的嘴角问道："我记得你这里有个瘊子，怎么刚才没摸着？"

"那……"将军刚要回话，高玫笑着把话接过去，"他嫌刮胡子不方便，早就弄掉了！"

过一会儿,老人又发现了什么,感叹地说:"年岁久了,人都变了,我记着你小时候都是左手拿筷子……"

"受了伤,不改不行嘛!"将军赶忙捋起袖子。左手腕上凑巧有一个伤疤,那是广阳战斗叫日本鬼子一枪打穿的。

借着这个话题,将军连忙避开谈论他"儿时"的一切,他历数着自己身上的伤疤,谈到这些年来的战斗,谈到爬雪山过草地的艰苦,爱人和孩子的情形……他想出一切动人的和逗趣的故事,讲给老人听。大概因为这环境太特别,这些故事吸引了老人,将军自己也深深地激动了。

这顿饭吃得时间特别长,当老人喝下最后一匙菜汤,已是夜里10点多钟了。将军和高玫小心地搀扶着被醇酒和疲乏搅得昏昏欲睡的老人,走进了为老人预备好了的卧室。

不知是因为酒醉还是什么原因,老人睡到床上,却突然坐起身,用他那枯老的双手猛地

抓住将军的肩膀,拉到自己的身边,拼命地睁着眼望着、望着,用一种变了音的腔调惊叫着:

"你是大旺子?"

"是!"将军不安地回答。

"你是我儿子?"

"是呀,爹!"将军情不自禁地紧紧地抱住了老人。

"啊,可看到了!"老人放声大哭起来。

将军,这位身经百战、被打断了两条肋骨也没流过一滴眼泪的将军,这时候,泪水却顺着腮边流下来。

老人,这经受了百般磨难的老人,在哭声里睡着了。将军目不转睛地望着老人那张挂着泪痕和笑容的脸,它是那么苍老,又那么和善、安详。他轻轻地给老人盖好了被子、关了电灯,踮着脚走回了自己的寝室。

将军点燃了一支烟,在寝室里来回地踱着步子。他的脚步和他的心一样沉重。死去的战友的印象,故乡土地上那累累的坟茔,父亲的面容,老人的眼睛……一齐在眼前晃动。

高玫走近他的身边,低声地问:"也许这是你常说的老曾的父亲?"

"不,也许是,也许不是……"

孩子一面啃着柚子,一面说:"爸爸,把你看地图的那个放大镜给我吧,明天让爷爷好好看看我……"

"明天,咱俩一块儿出去一趟,给……给老人家添几件衣服……"高玫说。

"是呀,"将军含糊地应和着。他望望爱人,又望望孩子,缓缓地点了点头,像是回答他们,又像是自言自语地说,"多少年的斗争,我们的人付出了一切!现在,我们活着的,要把担子挑起来,能多干一点儿也是好的!"

说完,他霍地转过身,来到了窗前。他猛地推开了窗子。窗外,天空清亮亮的,满天星斗,间或有几颗流星无声地扫过去。窗前那棵老槐树的叶子早已脱落了,那鹿角般的枝丫正倔强地指向夜空。傍着槐树,那棵柏树的蓊郁的枝叶,正伸搭在槐树的干枝上。

将军深深地吸了口气,忽然,他放大嗓子喊了声公务员:"赵振国,明天去医院帮我的父亲挂个号。记住,挂眼科!"他把"我的父亲"四个字说得声音特别大,大得连自己都有些吃惊。

1958年10月27日

早 晨

列车再过15分钟就要进站了,可我还没拿定主意:到底是下车还是不下车?

本来,归途的计划早在家里的时候就订好了:剩下5天时间,坐3天火车,用半天的时间渡海,还有一天多的时间,或者是在哪个滨海城市里逛逛,或者是在上班之前休息他一天,和同志们聊聊这次休假回家的见闻。但是,这个看来挺好的计划,眼看就要被一件偶然的事情搅乱了。

半个钟头以前,车厢里还黑沉沉的,我正睡着,忽然耳边传来列车员的声音:"各位旅客,有下车的没有?前方停车站是……"大概列车员怕打搅了旅客的清梦,故意把声音压得很低。但我还是醒了。列车员报出的那个城市的名字,一下子冲进了我的耳朵,使我猛地一惊,眼前顿时浮起一张苍白的脸和一双乌亮的眼睛。那是班

长傅传广。10年前,他就是用这双眼睛盯着我,说:"要是将来胜利了,再到这里来看看,那有多好哇!"这个愿望,傅传广同志是不能实现了,但是我呢?我忽然涌起了一个念头:下车去看看怎么样?

其实,这个念头也不是现在才有的。自从当年我躺在担架上穿过那个被炸坍了半边的城门洞子、离开这个城市,这个想法就埋在心窝里了。但是,就从那一天开始,总是步步往南走,一直走到海边,渡过了大海,在一个小岛上一住就是近10年,这事就只能搁到心里了。这期间,每当和几位老战友凑到一块儿,天南地北地闲扯的时候,总少不了要谈到这次战斗,谈到傅传广同志;而且不管谈多久,照例是用这句话来结束的:"这会儿,要能去看看有多好哇!"现在,这个地方就在眼前,如果把休息的那一天时间挪到这里,下了车,办办签字手续,然后走进城去……

这个念头是那么使人激动,我怎么也躺不住了,索性坐起身,撩起窗帘,向车外望去。天快亮了,左前方远处,浮现出一片鱼肚色的亮光。几片轻纱似的薄云正缓缓地向高处移去。被这白色的晨光衬托着,城市的轮廓渐渐显现出来。接着,郊区那矗立的烟囱、高大的厂房都看得清楚了。就在这些建筑物后面,突然露出了一座古塔。高大的古塔的身影,像欢迎什么人似的,正急急地向前移来。对,当年那一切都发生在这里,发生在离那古塔不远的地方。瞬间,一切变得清楚而又简单了。我伸手从衣钩上取下衣帽,穿戴整齐,抓起行李便下车了。

办完了签字手续,把行李存妥,在车站小摊上胡乱吃了些东西,便往市内走。可是,当我走到那拥挤的人行道上时,才发现自己这新计划里有一个明显的疏忽:对于所要去的地方,在我脑子里只有一幢房屋的印象,至于这所房子在哪条街上,我根本不知道,而今,要从这千万间大小房屋中找到那幢并不显眼的房子，实在是件难事。幸好，这座古塔还在，它标明了一个大概的方位。于是我便望着古塔走到了城东北角，找到了当年攻城时的突破口。往后呢，就只好凭着自己的记忆，按照战斗发展的方向和能够依稀记起的方位物，慢慢往前寻找了。

说来奇怪，当我在那遥远的海岛上想到这个城市的时候，当我从车窗口凝望着它的时候，我知道，城市一定是变了。10年了嘛，我上岛时栽上的果树都已经收过四次了，城市怎能不变呢？可这会儿沿着马路往前走着的时候，我却怎么也摆脱不掉战时的感觉。那一副在晨光中模糊辨认出来的战斗情景，总是顽强地在眼前浮现出来。

看，那不是那堵高墙吗？在投入冲锋之前，我们就在这墙根底下隐蔽过，在这里啃过几口干粮。那时候这块大墙上写着一个大大的"当"字。现在，那刺眼的字被一幅画代替了，上面画着三个胖娃，咧着嘴，扛着个大棉桃。

呶，街口上那棵大刺槐树还在那里。不过记得那棵树原是在铺面后面的大院子里的，那时这院子是团的后勤处，领弹药的骡马驮子，抬伤员的担架，来来往往，正是个热闹地方，我就是在这里换过药，然后被抬出城去的。可这会儿，那树仿佛长了腿，跑到人行道上来了，树下是个新建的大文具店。

就是这些表面无法辨认的标志，呼唤着我的记忆，引导着我跨过大街，弯过小巷，最后，来到了一条巷子里。

按照走过的道路计算，那房子差不多该是在这条街上，可到底是哪座房子呢？因为从巷口开始，部队就靠打穿墙壁向前发展，如今从巷子里是一点儿标志也找不出来了。我沿着路边一面走一面张望，一连走了两个来回，还是一点儿头绪也没有。

这时，已快7点钟了。太阳从巷子尽头的一

棵树梢上露出来,把街心抹上一层金色。我实在有些沉不住气了,决定找个人打听一下。就在我四处打量的时候,一眼看见一个六七岁的男孩子从对面跑过来,看样子心挺急,不知怎么脚下一绊,摔倒了,手里的一个纸包甩出了好远,孩子哇的一声哭了。

我抢前几步想去扶他,忽然前面大门里一件白色衣服一闪,一个人飞似的来到孩子身边,把他扶起来。这时我才看清,原来是一个长辫子的姑娘。她一面搀着孩子走,一面爱抚地拍打着孩子身上的土,安慰地说:"你忘了我给你们讲的那个故事了!那个解放军叔叔叫敌人打得浑身都是血,人家连一滴眼泪也不掉!呶,"她一眼看见我,向我笑了笑,"不信你问问这个叔叔!"

不知是孩子想起了所说的故事呢,还是我这身军装的效用,孩子怔了一霎,看了看我,两眼使劲一闭,挤出了两滴泪水,笑了。他向姑娘身边偎偎,把纸包递到她手里说:"给,我妈叫我带给你吃的,是她自己做的呢!"

姑娘笑笑,领着孩子走进路南的一个大门里去了。我随着他们的背影向门里瞥了一眼:一座楼房,正对大门的窗子忽然开了,两个小孩子的脑袋伸出来,齐声叫道:"老师好——"说完,两个蝴蝶结一闪,小脑袋又不见了。

"是什么时候见过类似的一副情景?"我心里一动,便跨进门去,对着楼房端详起来。

这是座不大的二层楼,看样子是修葺过了,青灰抹过的砖缝,整整齐齐的,窗棂上也刷上了崭新的乳白色。但还是看出来了,不错,是它!看,从左数第二个窗子旁边,约有一尺见方的地方,砖是新补上的;原来那里被敌人打穿做了枪眼,一挺美造机枪的枪管就从那里伸出来。正门两侧窗框上的砖块参差不齐,像被谁用刀砍了一阵似的,那是被我们的机枪扫的,因为那里一挺汤姆式正封锁着突击道路……我漫步向楼上走着、看着,就是这些特征,把我引进一个深深的回忆里去了。

那也是这么一个晴朗的早晨。我们班连着向这座楼突击了两次都没有奏效,最后只好用爆破了。就在机枪压住了敌人的火力,爆破员挟着炸药冲向楼门的一瞬间,楼里一阵乱,传来了敌兵的咒骂声和孩子惊乍乍的哭喊声。接着呼啦一下子,楼上几个窗子全打开来,五六个敌兵,每人手里抓住一个五六岁的孩子,把他们狠狠地按在窗台上。孩子们哭喊着、挣扎着,两手悬空乱抓,拼命地踢蹬着小腿……就在这些娇嫩的小腿中间,一支支乌黑的枪管伸出来,向着我们瞄准、射击了。

就在这紧张的时刻,班长咬着牙向机枪射手挥了挥手,大声喊道:"停止,停止爆破!"

枪声暂时停止了,战场上顿时静下来。这种寂静是难耐的。孩子的哭声显得更凄惨、更揪心。窗上的孩子大部分都离开了,但还有两个敌兵仍然一面卡着孩子的腰,故意在窗口晃来晃去,一面大着胆子把脑袋从孩子身边伸出来,阴阳怪气地叫道:"炸呀,有种的来炸呀!"

没有比这再急人的了。望着敌兵那狰狞的面孔和那一条条乱踢乱蹬的小腿,我觉得眼前一阵阵发黑,心尖子仿佛被那些小腿蹬着,麻沙沙地疼。"怎么办呢?"我们的眼都转向班长了。班长还像冲锋前那样,单腿跪在窗前,脸颊紧贴着窗边的墙壁。汗,像小河一样流着,让墙皮湿了一大片。他眼里布满了血丝,凶得怕人,从和他相识以来,我就没有见到他的眼这么凶过。他就这么呆呆地望着,手正在扭动着胸前的衣扣,一个衣扣碎成两半,脱落了,又揪住了另一个……蓦地,他把揪在手里的一个扣子一扔,压低了声音命令道:"上刺刀!"

我和班长抬着梯子向楼房奔去。当敌人弄清了我们的行动,开始还击时,班长已经攀着窗口跳进楼里。我紧跟着他攀上窗口,他已把赶上前来的一个敌兵戳翻了。另一敌兵正一手抓着个孩子的衣领、一手提枪向窗口奔来,一见班长进来,竟举起孩子,恶狠狠地向他砸过来。就在这紧急的当口儿,只见班长把枪往臂弯里一挂,摊开双手,猛地接住了孩子。随着向后趔趄的劲儿,身子一侧歪,把孩子挡在胸前。可就在他这一转身的工夫,身体的侧面暴露给了敌人,敌人一个前进刺,刺刀戳进了他的肋下,他倒下了……

事情已经过去整整10年了。现在看着这陌生却又熟悉的景物,回忆起当时的情形,我的心还像被谁捏着似的,痛得钻心。那以后……记得战斗发展到楼东头的房子里,我们被敌人反出来过一次,还看见班长一手捂着伤口,在走廊里爬来爬去地招呼孩子。再往后,他牺牲的情景也还能记得起来,不过……那一切似乎不是发生在这楼上。到底是在哪里呢?一时却记不起来了。

我正苦苦地想着呢,忽然楼下一个人叫起来:"哟,在这里呢,我说你不能到别处去嘛!"

听声音是个老太太。也许因为这句话正巧接上了我的思路,我的注意力一下子被吸引过去了。接着,是一个年轻女人在热情地招呼:"我刚想去接呢,你又跑一趟!"

"嘿,"老太太说,"前些日子闹得你星期天也捞不着休息,这下子可好,连晚上也得拖累你啦!真是……"

"大娘……"

"不光是孩子咧,还有这,"老太太把一包什么东西"噗"的一声扔在地上,说,"他爸爸打信来,说急等着穿,他妈下乡了,又得两个月才回来,我又碰上这么个事……你给拆洗拆洗寄走吧,反正地址你也知道。唉,要不是他姑生孩子事急,说什么我也不肯麻烦你呀!"

"大娘,您说到哪儿去啦,这是我应该做的嘛!"

"应该!这也应该,那也应该,你就不该歇歇?反正说你也不爱听,就这么着吧,我得去收拾收拾上车去啦!惜华,晚上跟着老师睡,可得听话呀!"听脚步声,老太太走了,一面走,嘴里还在唠叨着:"真是实心实意呀!唉,不知道是什么人,调教出这么好的人来……"

直到听到末了这句,才弄清老太太夸赞的是这里的一位老师。我忽然动了个念头:找找这位老师,请她谈谈关于这座房子的变化。

楼前是一块空旷的院子,院子正中,有十几个孩子正围着一个花坛忙着栽花。离花坛几十步远处,紧靠院子的西南角,独独地长着一大丛美人蕉。花旁堆着一些砖块,也有一群孩子挤在那里,其中有一个姑娘,大概就是刚才说话的老师了。他们有的拿棍子,有的拿锹,正在吃力地撬着一块水泥地板的碎块。有一个孩子眼尖,发现了我,便扯着小嗓子喊道:"解放军叔叔,来帮帮我们吧!"

这一叫,那位老师也直起腰望着我了。我一看,原来正是我在门口碰见的那位姑娘,看来她不过20岁,细长个儿,长脸盘儿,腮上有一个很深的酒窝。那红通通的脸,那望人的神情,都还流露着一股孩子气。再配上两条长辫子和那身稍稍嫌长的白底花点的连衣裙,不知怎的,我觉得她不大像个老师,倒像个大孩子。她见我走过去,连忙搓掉手上的泥巴,把垂在胸前的辫子往后一扔,笑着问道:"有什么事吗,同志?"

"没有,随便看看!"为了不使她继续追问下去,我伸手从一个孩子手里抓过十字镐,照着石块的边缘狠狠地刨下去。

"谢谢你,同志!"等我把这块水泥片子掀起来,搬到墙根下放好以后,她热情地和我握握手,说:"这房子去年才拆掉,这些碎砖烂瓦,清理了好久也没弄干净!"

房子?听她这么说,我心里一动,不由得四下里打量起来。她大概想起了我"随便看看"的那句话,又介绍起来:"看,这花,全是同学们栽的呢!"

看看花坛,花栽种得十分匀称,花种花色配搭得也很得当,看得出设计人的精巧心思。可惜这一丛极好的美人蕉栽得不是个地方,太偏僻了。

听了我的意见,她的脸上顿时浮上了一层红晕。"这……"她嗫嚅了半天,忽然转身指着楼房说,"你看,几个教室的黑板都在东头,上课的时候打窗子里一望,就可以看见它了!"

我一听,不禁笑了:到底还是个年轻人,上课嘛,还看花!

她大概看出了我的意思,脸更红了,一直红到了脖根子,语气却变得严肃了:"你别笑嘛,看着它,课会上得更好!"

"为什么?"

"因为,"她更严肃了,声音更缓慢了些,"当年这里曾经牺牲过一个解放军同志……"

她的话还没落音,我心里一亮,一下子都想起来了:是这里,就是栽着一丛红花的这个地方。那时候,这里是一间房子。那场肉搏战结束了以后,因为我胳膊上受了伤,在继续向前发展的时候,副班长要我留下来照顾班长,顺便收容一下那些孩子。我把孩子们哄到一个房子里以后,找了好大一会儿,才在这小屋里找到了班长,原来卫生员为了担架走动方便,把他背下来了。

我进房的时候,班长紧闭着眼睛,躺在水泥地上,正急促地喘息着,血,随着呼气,不停地冒着血泡,从伤口里涌出来。在他身边趴着个小女孩儿,我认出,她就是拼刺刀时班长用手接住的那个孩子。她趴在班长的肩膀上,正伸开小手扒着他的眼皮,一面轻轻地叫道:"叔叔,你说,我长大了能找到我的爹妈吗?你说呀……"看见我进来了,慌忙停住了嘴。

"能,一定能……"半天,班长才答应了一声,随着睁开了眼睛。一看到我,指了指孩子说:"看,这孩子非要跟着我不行。知道吗?这里是个孤儿院哪!唉,没爹没娘的……可那些狗东西……"他痛苦地咬住了牙,眉头皱起一个大疙瘩。每逢谈到敌人,他就是这个样子的。

他喘息了一阵子,又伸手抚摩着孩子的头,问道:"珍珍,你长大了,除了找你爹妈,还干什么?"

"我就走!"孩子说,脸上流露出一种果决的神情,"我走了,嬷嬷就再也捞不着打我啦!"

这话说得真揪心!班长长抽了口气说:"看,孩子的心眼儿都给堵得死死的了。对于将来,这孩子要求得太低啦!"他抱着孩子的脑袋,仔细看了一阵子,忽然脸色舒展开了,眼睛变得乌亮——每逢谈到顺心的事,他就是这个样子的。他向着我动情地说:"老刘哇,要是将来胜利了,再到这里来看看,那有多好啊!"

就在这时,卫生员带着担架来了。我们正要扶他上去,谁知他的伤势突然恶化了,喘息得更急了,血大口大口地涌上来。他竭力地压着喘息,向我望了一眼,伸手指了指口袋。他的意思我明白,是想找点儿什么留给孩子。但是,在一个突击班的战士身上能找到什么呢?我翻遍了他所有的口袋,只找到了一个小笔记本。他闭上眼睛,攒了攒力气,然后对着孩子说:"好孩子,记住!长大了以后,不管什么事,只要是为了将来的、是为了人民的,就应该下劲去做!哪管是一星半点儿……"

话就在这里停住了。孩子怔怔地听着,还在一股劲儿地揉着班长的胳膊:"叔叔,你说呀!"

但是,这位叔叔的话已经说完了,他永远不能再对她说什么了。

我知道,要让这么小个孩子懂得这个道理是困难的,但是,这是一个战士心里的声音,一个战士留下的遗嘱哇!我掏出钢笔,把这句话端端正正地写到小本子上,交给了孩子……

10年了,当年的房子已经拆除,连我对这地方也记不真切了,怎么这个年轻姑娘竟知道这里曾经牺牲过一个同志?莫非她就是……但是那次傅传广同志救出的孩子很多,她会不会是听别人讲的呢?而且,我怎么也不能把这个美丽、热情、俨然成人的姑娘和那个满脸泪痕的女孩子联系起来。我忙问了一句:"你知道这件事?"

"怎么不知道?我还是那个同志救出来的呢,那时候我才这么高!"她比量着身边一个小学生说着。说着,她突然脸一红,仿佛说到这里才意识到自己的年龄,忙回到刚才的话题上去,动情地说道:"你不知道哇,同志,这地方,教我懂得了好多东西呢!"

这几句话她说得很慢,但是那么坦率,那么真挚。我情不自禁地又看了看那簇红花。那盛开的花朵,这会儿正被早晨的阳光照耀着,像一簇火苗一样,又亮、又红。花,使我想起了那血和火的日子,想到了这个姑娘,也想到了刚才那老太太的话。是的,这火一样红的鲜花,如同是烈士的鲜血;这鲜花一样的青年人,就是战士的血调教出来的孩子呀!"

那姑娘显然也激动了,她弯腰从花根底下摸出了一个皮面的笔记本,一面开拉链,一面直盯着花丛说道:"看到这地方,我就想起我小的时候听到的一句话:'长大了以后,不管什么事,只要是为了将来的、是为了人民的,就应该下劲去做!'"

笔记本打开了,在那透明的胶板底下,压着一个红红的小笔记本。

我再也不能控制自己的感情了,一下子把话接过来:"哪管是一星半点儿……"

她愣住了,呆呆地望着我。在她那长长的睫毛下面,在那双清亮的眼睛里,我又看见了一簇花。这花像她面前的花一样,亮闪闪的。

就在这一刹那间,她抓住了我的手,激动地叫道:"叔叔……"

1959年9月9日

夜

夜,漆黑。

这是个战斗的夜。远处传来阵阵枪声。

已经是3月末的天气了,可在这黔北山区,深夜里还是很凉的。冷风不停地钻进窗棂,灌到屋里来。

勤务员小韦冷不丁打了个寒噤,醒了。他觉着肩上沉甸甸的,原来不知什么时候有人把那床旧夹被披在他的身上了。他紧握着夹被,先向墙角瞥了一眼,看见那块用砖头支起的门板上,毯子还是整整齐齐地铺在那里。再向桌边望望,只见首长依然坐在那里,对着桌上的地图看着,不时抬起头凝神思索一会儿,然后用铅笔在图上画上点儿什么。

小韦坐在竹凳上,双手托着下巴,静静地注视着首长。他看见,这张轮廓鲜明的脸上,眉毛还是那么浓,嘴唇和颌下的胡子还是那么密,可是两颊却明显地消瘦了,就连衣领也宽出了许多。在遵义开过会以后,刚发来这件军衣的时候,本来穿着是正好的嘛!

他轻轻叹了口气,从挎包里拿出一支蜡烛,走到桌边。他一边点着蜡烛,一边低声说道:"第三支啦!"

"嗯,嗯!"首长朝小韦微微一笑,又俯身看

图了。

"看，看，"小韦本来想好了话，要劝首长几句的，可话一出口，却变成了埋怨，"一张地图，老是看，也不睡会儿！"

首长抬起头，看着小韦，亲切地说："你来看，看那里！"他抬手向窗外、向枪声响着的远处一指，"我们的红军战士们在干什么？"

小韦向黑夜瞥了一眼："打仗呗！"

"你再看，"首长站起身，揽住小韦的肩膀，走向窗前，指着不远处一个窗口透出的灯光："那是什么地方？"

"我知道，"小韦答道。就是水塘边上那所泥墙草屋，几个钟头以前，他曾经摸黑儿去送过一趟信。"毛主席在那里工作嘛！"

"是呀，可你倒要我休息！"首长目不转睛地望着灯光，好一会儿，才深情地说道，"长征的路，有千里万里，我们要把每一步都走好，走出胜利来！"

说完，他从小韦手里拿过蜡烛，抓在手里，又回到桌边。

听了首长的话，小韦觉得心里一亮：可又觉得首长并没有回答他现在考虑的问题。于是又向那空空的床铺瞥了一眼，回到小竹凳上坐下，轻轻地抓起一把碎稻草，填进那床夹被里去。这些碎草是和饲养员争执了一番才弄到手的，必须瞒着首长填进夹被里才行。俗话说："寸草遮丈风。"天这么凉，从江西带出来的那床旧毯子太薄了，又磨出了好几个窟窿；要是今晚首长能多少睡一会儿，那么，在毯子上边压上这么一床"草被"，就可以暖和点儿了。

碎草填完了，再把夹被在门板上铺开，把草摊平；只要在开口的地方缝上几针，这"草被"就做成了。小韦正兴冲冲地理着针线，忽听到桌子上"吧嗒"响了一声。他扭头看去，只见首长依然端坐在那里，两眼凝视着地图，右手还是握笔的姿势，铅笔却掉到了桌子上；左手握着的蜡烛,不知什么时候倾斜了,烛油正一滴一滴地落在手背上,已经积了拇指大的一堆。

"他睡着了……他,太累啦!"小韦眼眶子一阵发酸。自从长征开始,他被调到首长身边工作,这样的情景他见过不是一回了。他连忙奔到桌边,轻轻地扳开首长的手指头,把蜡烛拿过来。他一面往桌角上滴下烛油、安放着蜡烛,一面编出了几句"厉害"点儿的话,想狠狠地埋怨一番,可是,就在这一霎间,他改变了主意,又轻手轻脚地回到了竹凳上。

他托着下巴,定定地看着首长。一分钟,又一分钟……首长——这个把自己的生命和精力一点儿一点儿挤出来,献给了革命战争、献给了共产主义事业的人,还是那样端端正正地坐着,但是小韦的心头却轻松多了。他高兴地想道:睡吧,哪怕就这么坐着、睁着眼睛睡一会儿也好哇!

突然,门外传来了脚步声。小韦吃了一惊,

慌忙扑向门边,可是已经迟了。门开了,军委卢参谋走进来。他急匆匆地敬过礼,走向桌边。

首长一怔,抬起了头,问道:"你来啦!什么事?"

卢参谋把一份电话记录递过去。首长接过了文件,默默地看了看;捏着文件的手慢慢地搁在地图上。

卢参谋打开笔记本,握住了铅笔,注视着首长。

一两分钟过去了,首长没有说话。

为了不打扰首长思索,卢参谋绕过桌子,来到小韦身边。他用铅笔敲了一下小勤务员的鼻子,奇怪地问:"你这孩子,怎么啦?看这嘴噘得能挂住个油瓶……"

"这风……"小韦扭头擦了擦眼睛,声音哽咽地说,"你呀,来得真不是时候……我、我刚刚给他偷来了几分钟,又叫你给抢走了……"

说话声惊动了首长,他轻轻咳嗽了一声。

卢参谋掏出怀表看了看，慢慢走到桌边，俯身低叫道："周副主席！"

"嗯！"周副主席答应着，转过脸来，招呼卢参谋坐下。

卢参谋简要地报告了情况："先头部队根据军委的命令，就利用这漆黑的夜，胜利渡过了乌江。现在，部队正在乘胜向前发展。关于下一步的行动，部队有几个问题向军委、向周恩来副主席请示！"

周副主席伸开双手，重重地在脸上搓了两把。手掌擦在胡子上，发出沙沙的声响。他把文件放在面前，一面剥着手背上的蜡壳，一面仔细阅读着。读完了，略微想了想，然后向卢参谋说道："部队过江以后，继续按照军委的部署，向东南方向前进！"他指着地图，"就在这一带，寻求新的时机！"

"是！"卢参谋迅速记录着。

"要加强政治工作！"下达完命令，周副主

席补充道,"告诉部队,毛主席安排的全军佯动的行动,完全成功,敌人被调动了,乌江以南空虚了,我们就一下子插到敌人心脏里去。看,敌人很听话哩!"说完,他快意地笑了。

在这爽朗的笑声里,卢参谋收拾好文件和笔记本,转身要走。周副主席又叫住了他:"行军序列要安排好,尽量让暂时不行动的部队休息,多睡一会儿也是好的!"

小韦扭亮了手电,送卢参谋走出门去。在门口,卢参谋低声嘱咐道:"看见了没有,首长眼睛都熬红了,你可要提醒他注意休息呀!"

小韦委屈地点了点头:"谁说不是呢!他还是在过赤水河的时候,站在河边靠着马鞍子打了个盹儿,到现在,整整三天三夜没合眼啦……"

听到背后的脚步声,小韦把话停住了。他望着向门边走来的首长,看出了什么,慌忙指着门外,提醒说:"看,天这么黑……"

"黑夜?好哇!"周副主席也看出了小韦的意

思,笑着把话接过来,"我们就是要在这样的黑夜里,行军,打仗。走好了,打赢了,胜利的明天就是我们的啦!"他亲切地抚摩着小韦,却又略带责备地说:"你这个同志呀,刚才卢参谋来了,怎么不叫我一声?"

小韦噘起了嘴:"你,你老是不肯休息……"他说不下去了,两大滴泪水忽地涌了出来。

"嘿,看你……"周副主席扬起衣袖,给小韦揩着眼睛,"这孩子!你今年才15岁,对不对?"

这跟年龄有什么关系?小韦点点头,不解地望着首长。

"等你再长大一些,你就会了解我们了。你就会明白:应该这样做!"周副主席把话略停了停,像是让这年轻人嚼一嚼话的味道,然后,又指着门外,充满感情地说:"想一想,在全中国,还有全世界,有多少劳苦的人,有多少像你这样的孩子,他们的生活还像这黑夜一样黑、一样冷啊!我们共产党,我们红军,就是要加倍地工作，工作，让他们看到太阳，得到解放！"

小韦深情地看着周副主席。他觉得，这个人，这个极度疲劳又浑身是劲的人，仿佛全身都发着光。这光，照暖了，也照亮了他这个少年红军战士。

就在这一瞬间，一个巨大的问题，一下子闯进了这个小红军的心：每个人都有同样多的时间，每个人都有醒着和睡着的时候，可是，一个红军战士究竟应该怎样利用这一切，去正确地对待生活和坚持战斗？

他长了15岁，想到这个人生的大问题，还是第一次。

他霍地转过身，摘下墙上的驳壳枪，一下子背到了身上，紧抓着手电筒，大步来到周副主席身边。

周副主席满意地点了点头，又扬起手掌，在脸上搓了搓，随即拍了拍小韦的肩膀："走吧，到前边看看去！"

小韦没有再说什么。他扭回头,又看了看墙角里那张门板,伸手抓起那床"草被",用劲一抖,把里面的碎草倒掉,把夹被轻轻地披到周副主席的肩上。然后,紧跟在首长后面,一弓身,钻进黑暗里去了。

夜,漆黑。

枪声更紧了。

1976 年 12 月 19 日

足迹

拐过那道挂满冰柱的断崖,大雪山的山顶就在眼前了。

就在这时候,山背后突然腾起了一片雪雾,

冷风推送着一大片浓黑的乌云，疾速飞来，遮得天昏地暗；接着，风吹起的积雪，夹着天上飘来的大片雪花，劈头盖脸地落下来。远处的山峰，近处的断崖，都笼罩在一片雪帘雾幛里，前面部队刚踩出来的路径又模糊不清了。

指导员曾昭良望着这突如其来的大风雪，忧心地摇了摇头。他深深地吸了口气，把搀在病号腋窝里的那只手攥紧了，又吃力地向前走去。

他是在部队行进到山腰，就要进入积雪区的时候被指定参加团的收容队的。一路走着，他收容了三批因病掉队的同志，组织好人力,把他们送向前去。他本来可以走快些,赶上本队。可是,就在半个小时以前,他遇上了这个病倒在路旁的同志。搀着一个同志走,就慢了,终于没能赶到起风之前翻过山去。

路,越来越难走了。曾昭良觉得自己的脑袋仿佛涨大了几倍,眼前迸散起一串串金星。两腿好像被积雪吸住了,足有千斤重,每挪动一步都要积攒浑身的力气。特别难耐的是胸口,好像猛地塞进了大团棉花,透不出气来。心跳得怦怦响,似乎一张口那颗热乎乎的心就会一下子跳出来。这时候,要是能够坐下来歇歇,该有多好哇!可是不行。在接受收容任务的时候,他就听说:山顶上空气稀薄,在身体衰弱又极度疲劳的情况下,只要一坐下,就再也起不来了。

被搀扶着的病号显然也感觉到了这一点。他停住了脚,倚在曾昭良的肩膀上,说道:"我可是一点儿劲也没有啦!"他喘了几口粗气,仰起脸,乞求地说,"同志,听我说,把,把我扔下,你……"

"瞎说!"曾昭良生气地打断了他的话。像是为了回答,他更加快了脚步。

"力量……"走了一阵儿,那个同志又说话了,"这会儿,要是有人能、能把力量这种东西,给、给我们,哪怕给上一点点……"

曾昭良咧开干裂的嘴唇笑了笑。这位同志说的,和他想的,竟然一模一样。可是,这种事,在心窝里想想也就罢了,要不,也只有神话里才会有。现在,在这鸟兽都绝迹的茫茫雪山上,在人们最后一丝丝力量都快用完了的时候,怎么会出现这样的奇迹?他把口气放软了些:"别说傻话啦,同志,把剩下的力气省着点儿,我们能爬上去!"

一步,两步……尽管走得很慢,雪路却终于一尺一尺地移到身后去了。约莫经过了一个多小时的奋斗,他们终于走完了这段艰难的路。

当两个战友互相依傍着跨出登上山顶的最

后一步以后,那个病号脑袋一歪,倚在了曾昭良的胸前。曾昭良也发现,自己已经把最后的力气都在这一步里用完了。

可是,就在这一瞬间,曾昭良却被眼前的景象惊住了。只见在这不大的雪坪上,东一个、西一个地坐着好几个红军战士;还有几个人大概是刚刚赶到,正摇摇晃晃地寻找着地方,准备坐下来。看来,这些同志也刚刚经历了在暴风雪里翻上山顶的一场搏斗,已是精疲力竭了。

曾昭良的心像是被谁揪了一把,又紧又疼。他忙扶着病号站好了,指着下山的路,嘱咐几句,然后,脚步踉跄地向一个坐着的战士走去。但已经迟了——那个同志的胸口已经和胸前的手榴弹一样冰冷,再也起不来了。他把手榴弹袋取下来挂在肩上,又奔向旁边的一个年轻的司号员。可是,就在他刚刚抓住小司号员的肩膀的时候,那个被他扶上山来的病号却噗地坐下了。

曾昭良焦急地跺了跺脚:"怎么办?"

像是回答他的问话似的，一只手伸了过来，挽住了小司号员的另一只胳膊。

曾昭良的心头立时宽松了许多。他抹去了眼角上的雪水，定睛看了看来人。这人穿一身普通的红军单军衣，只是面容有些特别：连鬓的胡须上挂着冰碴儿，堆着白雪，浓密的眉毛上沾满了雪花，看上去简直像神话里的老人了。那双眼睛，那么和善、亲切——这是一双熟悉的眼睛，可是到底在哪里见过，曾昭良却想不起来了。

那人深深地喘息着，显然也在积蓄着力气。过了一会儿，才点头示意："来，使劲！"

两人一齐用力，把小司号员搀了起来。

这时，曾昭良才发现，就在这人的身后，跟着上来的三四个同志，也都分散开来帮助坐下的同志去了。

那人爱抚般地扬起袖子，掸了掸司号员脸上和头上的积雪，然后扭转身，向着山顶上的人们说道：

"同志们，革命，需要我们往前走哇！"

这话声音不高，却有一种震撼人心的力量。顿时，坐下来的人们都一齐向这人望过来。那一双双眼睛里，都闪出兴奋和喜悦的光彩。人们低声传告着什么，有的在努力往起站，有的已经在同志的帮助下站了起来。人们扛起了枪，挽起了臂膀，结成了一条人的长链，缓缓地向着下山的路移动了。

曾昭良看见，刚才他搀的那个病号正和走过身边的一个人说着什么，忽然，他一按雪地爬了起来，蹒跚地往前走去。快要走到身边的时候，曾昭良连忙伸手去扶他，他却坚决地把手推开，昂起头，说了声："我能走！"

这都是因为他，和他刚才那句话的力量啊！曾昭良怀着深深的敬意望着那个同志，暗暗地想道。

一个警卫员模样的人，扶着一个炊事员来到那人身边，低声地说道："走吧，你身体不好！"

那人轻轻拂去警卫员伸过来的手,没有应声。他默默地望望山后,又看看曾昭良。突然,他把一只手搭到了曾昭良的肩头上,问道:

"是党员吗?"

"是!"曾昭良回答。

"你累了吧?"

曾昭良望着那双亲切的眼睛,点了点头。

"是呀,困难!"那人深深地喘了口气,"可是,要是不困难,要你,要我,要我们这些共产党员干什么呢?"他手抚胸前,喘息了几下,又向曾昭良靠近了些,压低的声音里透着关切,"同志——你看见了,这里需要留下一个人!"

"是,需要!"曾昭良应了一声,思索着这话里的意思。

那人伸手摸了摸曾昭良的衣服,然后抚摩着自己身上,又打量着周围的人。曾昭良思忖道:"他大概是想给我找一点儿御寒的东西!"可是,他身上除了那件单薄的军衣,又有什么富余的衣物呢?

警卫员显然弄错了首长的意思,连忙打开皮包,把纸和铅笔递过来。

那人笑了笑,拿起铅笔,向着手上哈了口热气,然后飞快地写着:

"不要停下,继续前进!"

曾昭良完全明白了自己的任务,他严肃地立正,问道:"这命令是……"

那人微微一笑,在命令的后面签上了三个大字。

曾昭良看着这个整个红军都衷心敬爱着的名字,顿时,浑身的血液都热起来了。啊,这个带着疾病、挂着满面霜雪、和他一道走过这段艰难道路的人,这个和红军战士们肩并肩、心贴心的人,就是协助毛主席统率全军、组织这万里长征的人哪!

"是,周副主席!"曾昭良激动地接过命令,举手敬礼,并且庄严地复诵着:"不要停下,继续前进！"

"同志！"周副主席沉重地点了点头，"我们要走的路，还很长很长。这路上，有各种各样的关口，共产党员就要出现在这些关口上！"他紧紧地握住了曾昭良的手，"好，你带走一批之后，把任务再交给下一个同志！"

说罢，他搀起了小司号员，向前走去。

走了几步，他又回过头来，关切地嘱咐道："同志，记住，千万不能停下呀！"

风雪更紧了。

曾昭良紧握着命令，深情地望着长征部队走去的方向。只见敬爱的周副主席，搀扶着战士，迎着迷茫的风雪，在大步走着，走着……

在他的身后，在这千年积雪的雪山上，留下了一长串深深的脚印。

看着，看着，一串感激的热泪，滚过他的腮边，滴到了衣襟上。

看着，看着，他明白了：不是幻想，不是神

话，确确实实就有那样的人，能够把战士的心照亮，能够把战士心底蕴蓄着的力量唤醒，能够把自己的力量交给别人——无私地交给别人。

1976年12月20日

草

二班长杨光从昏迷中醒过来的时候，天已经放亮了。他欠起身子，四下里打量着、回想着，好半天才弄明白：自己是躺在湿漉漉的草地里。

昨天，也就是过草地的第四天，快要宿营的时候，连长把他叫了去，要他们班赶快到右前方一个小高地上担任警戒。他们赶到了指定的地点，看好哨位，搭好帐篷，天已经黑下来了。就是他，动手去解决吃饭的问题。他提着把刺刀，围着山丘转了半天，才找到了一小把水芹菜和牛耳大黄。正发愁呢，忽然看到小溪边上有一丛野菜，颜色青翠，叶子肥嫩。他兴冲冲地砍了一捆拿回来，倒进那半截儿"美孚"油桶里，煮了满满一"锅"。

谁知道，问题就发生在这些野菜上了：换第三班岗的时间还不到，哨兵就捂着肚子回来，把他叫醒了。他起来一看，班里同志们有的口吐白

沫，有的肚子痛得满地打滚儿，有的舌头都僵了。倒是他和党小组长因为先尽其他同志吃，自己吃得不多，症状还轻些。于是两人分工，一个留下警戒和照顾同志们，一个向上级报告。就这样，他摸黑儿冲进了烂草地；开始是跑，然后是走，最后体力实在支持不住了，就在地上爬。爬着，爬着，不知什么时候昏过去了。

当一切都回想起来了以后，他的心像火燎一样焦灼了。他用步枪支撑着，挣扎着站起来，跟跟跄跄地走上了一个山包。

这时，太阳冒红了，浓烟似的雾气正在消散。他观察着，计算着，判断着方位。看来，离开班哨位置已经是10里开外了，可是看不到连、营部队宿营地的影子。显然是夜里慌乱中迷失了方向。不行，得赶快找部队去，救同志们的性命要紧哪！

他正要举步，忽然薄雾里传来了人声。人声渐渐近了，人影也显现出来，是一支小队伍。

走在前面的是几个徒手的军人，后面是一副担架。

他急忙迎上几步，看得更清楚了：前面一个人的挎包上还有一个红色的十字。

"好，同志们有救了！"他狂喜地喊道。跑是没有力气了。他索性把枪往怀里一抱，就地横倒身躯，沿着山坡滚下山去。

就在他滚到山包下停住的时候，正好赶在了那支小队伍的前头。

人群和担架都停下了。背红十字挎包的人飞步跑来，弯腰扶起他，关切地问道："同志，你怎么啦？"

杨光定了定神，把事情讲了讲。末了，他紧紧抓住了那人的挎包，恳求道："医生同志，快去吧，晚了人就没救啦！"

医生看看背后的担架，又看看杨光，为难地摇摇头："同志，我们还有紧急任务！"

"什么任务能比救人还要紧？"

医生指着担架："我们也是要救人哪！"

杨光这才看清楚,担架上躺着一个人。一床灰色的旧棉毯严严地盖在上面。

"那边的同志很危险!"杨光焦急地叫起来。

他伸开手拦住了路口,大声地说:"你不去,我就不放你走!"

担架响了一声,毯子动了一下。

医生有些愠怒地看了杨光一眼:"你这个同志,有话不会小点儿声说?你知道吗?这是……"他压低了声音,说出了那个全军都敬爱的人的名字,然后解释道,"他病得很厉害呀,昨天开了一夜的会,刚才又发起高烧,人都昏迷了!"

"什么,周副主席?"杨光立时惊住了。对于这位敬爱的首长,杨光不但知道,还曾亲眼看见过。在遵义战役之前,这位首长曾经亲自到他们团做过战斗动员。在部队开上去围攻会理的时候,连队在路边休息,他也曾亲眼看见周副主席和毛主席、朱总司令一道,跟战士们亲切交谈。可是,现在竟然病倒在草地上。而他,却在首长赶去卫生部救治的路上，拦住了他的担架……他惶惑地望着担架，一时竟不知如何是好了。

就在这时，毯子被掀开了，周副主席缓慢地欠起了身，朝着杨光招了招手。

杨光不安地走过去。他深情地注视着那张熟悉的脸，却不由得大吃一惊：由于疾病的折磨，这位首长面容变化多大呀！他觉得心头像刀在绞，眼睛一阵酸涩，竟然连敬礼也忘了。

周副主席显然刚从昏迷中醒来。他费了好大的劲，才把身躯往担架边上移开了些，然后，拉住杨光的衣角，把他拽到担架空出的半边坐下来。

靠着警卫员的扶持，周副主席在担架上半坐起来。他慢慢抚摩着杨光那湿漉漉的衣服，又摸了摸杨光的额头，亲切地说道："这么说，你们是吃了有毒的野菜？"

"是！"杨光点了点头。

"那种野菜是什么样子呢？"

"这就是！"杨光从怀里掏出一棵野菜。为了便于医生救治，他临走时带上了它。

周副主席接过野菜，端详着。野菜已经蔫巴了，但样子可以看得出来：有一点儿像野蒜苗，一层暗红色的薄皮包着白色的根，上面挑着四片互生的叶子。看过以后，不知是由于疲累还是怎的，他倚在警卫员的肩头，仰起了头，脸上浮现了异常的严肃的神情。

杨光担心地看着周副主席，他弄不明白：首长为什么对这棵野菜这么关心。他刚想劝首长休息，周副主席又问道："这野菜，多半是长在什么地方呢？"

杨光想了想："在背阴靠水的地方！"

"味道呢？你记得吗？"

杨光摇了摇头。因为是煮熟了吃的，没有尝过。

周副主席又举起那棵野菜看了看，慢慢地把它放进嘴里。医生惊呼着扑过来，野菜已经被咬下了一点儿。

周副主席那干裂的嘴唇闭住了,浓密的胡须不停地抖动着,一双浓眉渐渐皱紧了。嚼了一阵儿,吐掉了残渣,他把那棵野菜还给杨光,嘱咐道:"你记着,刚进嘴的时候,有点儿涩,越嚼越苦!"

杨光又点了点头。周副主席把声音提高了些,用命令的语气讲话了。他的命令是非常明确的:要医生马上按杨光指出的方向,去救治中了毒的战士们。他又要担架抬上杨光,用最快的速度赶到总部去报告。他的命令又是十分具体的:他要求总部根据杨光他们的经验,马上给部队下发一个切勿食用有毒野菜的通报。在通报上,要画上有毒野菜的图形,加上详细的说明,而且,最好是附上标本。

一个年轻的卫生员,还在听到谈论有毒野菜的时候,就在路旁打开了挎包,把满满一挎包沿路采来的野菜倒出来,一棵棵翻拣、检查着。这会儿,听到了首长下达的命令,惊慌地叫起来:"那……你呢?"

"你们扶我走一会儿嘛!"

医生走过来,劝说道:"你的病情很重啊!"

周副主席微笑着伸出了一个指头,又摊开了手掌:"看,是一个多呢,还是五个或者上万个多呢?"

谁也想不出更好的做法了,而争辩是没有用的。一时,全都默不作声了。只有晨风吹过荒漠的草地,撕掠着青草,发出索索的声响。

卫生员抽噎了两声,突然抓起一把野菜,发火说:"都是蒋介石这卖国贼,逼着我们走草地,逼得我们吃草!"

"吃草。嗯,说得好哇!"周副主席严肃地点了点头,"革命斗争,需要我们吃草,我们就去吃它。而且,我们还要好好总结经验,把草吃得好一些!"

稍稍喘息了一下,他又说下去:"应该感谢这些阶级兄弟,他们用生命和健康为全军换来了经验。也要记住这些草!"他的话更温和了,语气里透着深深的感情,"等你们长大了,就会想起这些草,懂得这些草;就会看到我们正是因为吃草吃得强大了,吃得胜利了!"

这些话,从那瘦弱的身躯里,从那干裂的嘴唇里发出来,又慢,又轻,可是,它却像沉雷一样隆隆地滚过草地,滚过周围几个红军战士的胸膛。

杨光激动地听着。就在这一霎,他觉得自己变得强大了、有力了,这力量足足能一气走出草地。他向着周副主席深情地举手敬礼,然后,那紧握着野菜的手猛地一挥,转身向总部所在的方向跑去。

医生向卫生员嘱咐了句什么,也紧抓着那个红十字挎包,向另一个方向跑去。

周副主席望着两个人渐渐远去的背影,耳边传来警卫员的话音。话是对着小卫生员说的:"……看你说的,为革命嘛,我们吃的是草,流的是血,可我们比那些花天酒地的阶级敌人高尚得多,也强大得多呀!"

周副主席那浓浓的胡须绽开来,宽慰地笑了,他笑得那么爽朗、那么开心。自从患病以来,他还是头一次笑得这么痛快。

1977年5月31日

标 准

天色渐渐昏暗下来了。

草地行军,这黄昏时分是一天里最好的时光。连队从满是泥泞的沼泽地里走出来,在一块小高地上停住了脚,宿营了。傍着矮树丛,用布单、包袱皮儿搭起了各式各样的帐篷;捡来树枝茅草，燃起了一堆堆篝火。在风雨和水草、烂泥里跋涉了一天的红军战士们，围着这一簇簇篝火，烤着湿透的衣服，擦拭着枪支；篝火上架着的脸盆、口杯里，清水在响着，冒着热气。于是，歌声和笑声就随着这火苗、轻烟和雾气，一块儿在大草地上升腾起来。

但是，司务长宋新华的心绪却没有往常宿营那么愉快。他提着个竹篾背篼，在篝火间蹒跚地走着。见到一个战士，就从背篼里拿出一块拳头般大的牦牛肉递过去，随口嘱咐道："注意，省着点儿吃呀，这可是一天的口粮！"说着，他心里暗暗叹了一口气："唉，这算什么伙食标准哟！"

确实，这样发放伙食，在他当司务长以来还是第一次。昨天，当战士们从粮袋子里把最后一点儿青稞面粉倒进小碗里以后，连队就完全断粮了。他冒着风雨赶到团里，领到了一头瘦牦牛。团供给处长把牛绳递到他手里的时候，交代他说："走出草地之前，这是最后的一次供应了！"

而且还小声补了一句:"这还是根据上级的指示,照顾连队。总部机关从前天起就已经只靠挖野菜过日子了!"他把牦牛赶回来宰了,狠着心,留出了一半作为第二天的伙食;把这一半切成了小块,按人头发下去。

走过了一处又一处,背篓越来越轻,可他的心却越来越沉了:在这样的水草地里连续行军,一天只吃这么几两肉,怎么能支持得了?而且,往后呢?

正想着,忽然一个声音引起了他的注意。

"……好!你这个办法要得!"讲话的是四川口音,话音里透着高兴,"同志,要是在这个里边加上点儿野菜呢?"

"掺上野菜?对!"答话的是江西口音,"要加上把辣椒,就和你们四川的回锅肉差不多啦!"

"好,好!"四川口音的人爽朗地笑了,"这样子吃法,解决好大的问题哩!"

宋新华循着话音望去,只见两个人正凑在一堆篝火边上忙着。四班长老谢在火上烧着什么,另外一个人站在旁边看着。他看得那么专注,而且显然看了有些时候了,湿衣上流下的水在他脚下积了许多。

宋新华连忙走过去,抓起一块牛肉递给四班长,又抓了一块递给那个站着的同志。

那人推开了他的手,却弯下腰查看地上的背篓。

"拿着吧!"宋新华轻轻叹了口气,"困难嘛,只好按这个标准……"

那人摇了摇头,说道:"我不要!"

"不要?"宋新华惊奇地叫起来,"这可是一天的伙食呀!你不要,想要什么?"

那人把手伸进背篼里翻拣着,半天,才说道:"我要牛皮。宰了牛,牛皮呢?"

宋新华摇摇头:"扔了!"

"什么?!"那人提高了声音问道,"骨头呢?"

"你这人,真是的……"宋新华被对方说话的声调激怒了,他生气地说,"那些玩意儿又不能吃……"

他本来要重重地说上两句的,却突然住口了。就在这时,那人抬起身来。他看到了一张熟识的脸:方脸膛,宽宽的额角,瘦削的双颊上长满了胡子。穿戴也是熟悉的:用自捻羊毛线织成的衣服,扎着那条宽宽的皮带,背上是一顶牛皮斗笠。但是,两道浓眉下那双一向温和的眼睛,此刻却照直注视着他,闪着严峻的光。他慌忙立正,低声叫道:"总司令!"

朱总司令摆摆手,接着刚才的话头说下去:"不能吃?那么,你来看!"他把宋新华拉近火堆,朝着四班长老谢一指。老谢却没有注意这些,他还在专心地忙着。只见他拿起那只牛皮鞋底,用刺刀从边上切下一小条,挑在刀尖上,伸到火苗上去。噼啪一阵响,牛皮上的毛被燎掉了,皮面上冒起一层黄黄的油泡,发出一股淡淡的油香味儿。

"看见啦?"朱总司令向宋新华看了一眼。

"……"宋新华这才明白,刚才朱总司令和老谢谈论的就是这件事。他觉得自己耳根一热,慌忙低下了头。他想起了被自己丢在小河边上的牛皮和骨头。

这工夫,老谢把烧好的一截儿牛皮扔进小碗里煮着,然后,拿起两根树枝,从碗里挑出了一块煮软了的烧牛皮,一边吹着热气,一边走进矮树丛后面的帐篷里去了。

朱总司令慢慢蹲下身，拿起那只牛皮鞋底，看着。鞋底是用一块生牛皮剪成的，有的地方已经磨光了，但却洗得干干净净，显然早就做好了准备。他看着，又仰起头想了想，然后，解下自己的皮斗笠，拿起刺刀，切下了一条边边，照样放在火里烧着。

"总司令，我……"宋新华欠起身来，"我这就去把牛皮和骨头拿回来！"

"等等！"朱总司令止住了他，又抬手向着矮树丛一指。

树丛后面，传来了低低的说话声：

"……你吃。这牛肉嘛，留给二排长，他的伤比我们重……再说，还有七八天的路哩，哪能只看眼前这一步棋？"

"那你……"说话的是个年轻战士，"我知道，你是在党的……"

"唉，应名儿是个党员，能力小，不能给党分忧哇！"老谢又说了，"咱们的党和红军遇到了难处,不要紧,咱把苦、把困难砸碎了,你拿一点儿,我拿一块儿,分分扛起来……"

声音渐渐低下去了。

"听见啦!"朱总司令又向宋新华看了一眼。

宋新华觉得自己整个脸都在发烧,他的头垂得更低了。

"多好的战士呀!他们,要的那么少,可想的干的又那么多!"朱总司令把手搭在了宋新华的肩头上,话比刚才温和多了,"我们当干部的,就要把心贴在战士们的身上。要学习他们,关心他们,就能把工作做好了!"

"我知道,你很作难,也很辛苦!"稍停,朱总司令又说了,"我们手里掌握的东西,关系着战士的生命。家当不多,可工作不能少,思想不能差呀!"

宋新华静静地听着,他觉得肩头上的那只大手按得更重了。

牛皮烧好了,朱总司令拿起来轻轻吹了吹,

欣喜地看着。

他向黑暗里招了招手。一个警卫员走过来，把烧好的牛皮接过去。

"这些人，都是革命的种子呀！"说着，朱总司令又从皮斗笠上切下了一小块牛皮，放在火里烧着。"我们要用这有限的财富，用最好的工作方法，把战士带出草地，带到陕北，带到毛主席、党中央身边去！"

话说得很低，很慢，但像这暗夜的篝火一样，把人烘暖，把人照亮。听着这深情的话，宋新华觉得浑身都热了。他激动地站起身来，用颤抖的声音说道："总司令，我错了，我不该老想着过去的供给标准！"

"标准！是呀，无论是供给，还是思想和工作，我们都需要有一个标准！"朱总司令把烧好的牛皮递给了警卫员，然后，慢慢地站起来，严肃地说道，"但是，这是草地的标准，革命的标准！"

说罢，他向警卫员招了招手，大步向前

走去。

看着朱总司令走了,宋新华忽然想起了什么。他伸手抓起一块牦牛肉,递给了警卫员。

"这倒不要,可就是……"警卫员把手里的烧牛皮和一把野菜一扬,"发现了这个,首长今晚又要到各单位去宣传,不知道什么时候才能吃饭哩!"

宋新华站在篝火旁边,目送着敬爱的朱总司令那渐渐远去的背影,深情地喃喃自语着:

"草地的标准,革命的标准!"

就在这一瞬间,他忽然想到:将来,这样的供给大概不会再有了,但标准却会留下来。也许会有那么一天,人们将用这个标准来衡量和检查自己的生活、思想和工作。

1977年6月26日